新 潮 文 庫

あつあつを召し上がれ

小 川　糸 著

新 潮 社 版

9952

目次

あつあつを召し上がれ

バーバのかき氷

はーなちゃん、だって。笑っちゃう。あんなに喧嘩《けんか》ばっかりしていたくせに。そもそも、おばあちゃんをそんな風に呼ぶもんじゃありません、といつだったか目くじら立てて怒ったのは、どこの誰だっけ。あの頃、バーバはまだバーバだった。もちろん、今だって、バーバはバーバだけど。

ママは私にも、はなちゃんと呼べと言う。おばあちゃんはもう、子供に戻ったんだから、と。精神年齢は、マユと、同級生くらいなんじゃない？　いや、もっと下か。ほらマユ、下に弟か妹が欲しいって、前に言ってたじゃない。だから、はなちゃんをマユの妹だと思えばいいんじゃないの？　なんて、平気でぬかす。身勝手もいいところだ。

前って、いったいいつのことよ？　子供がどうやって出来るかを知ってしまった日から、私はそういうことを軽々しく口にできなくなった。そんなこと、とっくに忘れているし時効なのに、ママはたまに、ものすごく古い事柄を平気で持ち出してくる。それに、目の前のベッドに横たわる老人が、同級生？　妹？　逆立ちしたって、そんなの無理だ。いつからママは、強靭《きょうじん》な鎧《よろい》を脱ぎ捨てたのだろう。

おばあちゃんの様子がちょっと変なの。確かあれは、私が小学五年生になる少し前だった。食器を洗いながら、ママはぽつりと言った。ママのこと、一瞬、誰だかわからなかったみたいなの。ママは、不安を打ち消すみたいに、フライパンにこびりついた汚れを必死に洗い落としていた。けれど、不安はやがて現実のものとなった。

バーバは、まず最初にママを消去した。私は、バーバの悪口をいっぱい言った罰だと思った。ざまあみろ、と内心ママを嘲笑《あざわら》っていた。でも、ほどなく私も消去された。みんなみんな、消去された。だから、全員おあいこだ。バーバは今、バーバ一人しか住んでいないお城のお姫様として君臨する。そのお城には、茨《いばら》で作った生垣がぐるり巡らされていて、部外者は容易に侵入できない。

バーバの様子がおかしくなって、私達は、バーバが住んでいた団地の近くのアパートに引っ越した。ちょうどよかった、とママは強がった。家族三人で住んでいたマンションに私とママは残って住んでいたけど、仕事の都合で、パパと、パパの愛人だった人も、同じ町に住んでいたからだ。私達が出ていくのは筋が違うでしょう、と言い張ってママはその町から動こうとしなかった。でも、私はいつも、どこかでパパに会っちゃうんじゃないかと、びくびくしながら暮らしていた。パパだけならまだしも、パパの新しい家族に会っちゃったら、お互いに気まずくなる。

だから、せいせいした、とママは言ったのだ。敗北する形ではなく、新たな理由を掲げて引っ越せたから。これで、スーパーマーケットや公園で、いちいちパパを探さなくてもよくなる。私も、せいせいした。というか、ホッとした。

ママは最後まで、バーバの面倒を自分で見ようとした。それは、娘の私から見てもいじらしいほどだった。朝、運送会社での事務の仕事に行く前にバーバの様子を見に団地に立ち寄り、昼間は会社を抜け出してバーバとお昼を食べ、夕方仕事が終わったら、またバーバの晩ご飯を作りに団地に寄る。そんな生活、長くは続かないと、子供心にそう思っていた。でも、ママはがんばった。そういう生活を二年近く、続けたことになる。しかも、バーバの面倒を見ているママは、なんだか幸せそうだった。

でも、ある日ママは会社で倒れた。青白い顔で横になっているママに、私は涙を流して訴えた。ママ、ママが死んじゃうよ。そしたら私、孤児になっちゃう。

本気だった。本当に、このままではバーバよりも先にママが死んでしまうと思ったのだ。

バーバは、数週間前からこのホームに入居した。きれいだし、優しい人達がいつも明るく声をかけてくれるし、同じ境遇の王様やお姫様もたくさんいる。だけど、バーバは食事をほとんど受け付けなくなった。見た目は私の食べている給食なんかより、ずっとずっと美味《おい》しそうなのに。

それで今日は、ママが家からお弁当を作って持ってきたのだ。料理、得意じゃないくせに。私の運動会にだって、そんな豪勢なお弁当、作ったためしがないくせに。

「はーなちゃん、あーん」

ママは根気よく、バーバの口元に食べ物を運ぶ。ホウレンソウの胡麻和《ごまあ》え、切干大根の煮物、炊《た》き込みご飯、卵焼き。何箇所かにプチトマトも散らして。全部今朝、ママが早起きして作ってきたものだ。でも、どれも拒否。バーバのくちびるは開かずの扉となり、頑《かたく》なに閉ざされたまま動かない。

「はーなちゃん、はい、もう一回、あーんして」

それでもママは、バーバの口元に食べ物を運び続ける。そんな時、ママの口は「へ」の字に歪《ゆが》み、眉間《みけん》には溝のように深い皺《しわ》が刻まれている。私は、見てはいけないものを見てしまったような後ろめたい気になって、一瞬、目を逸《そ》らしてしまう。そして、ママの心が、火山みたいに大爆発するんじゃないかと身構える。でも、実際のママは爆発しない。ただ、その表情をもっと濃くするだけだ。何もできない分だけ、私はより切なくなる。私がバーバのお弁当を食べたところで、ママの悲しみは癒《いや》されない。

ママは困った顔のまま、お弁当のおかずをバーバの口に入れるのをあきらめ、保存容器にふたをした。また、これが私達の夕飯になる。他のおかずの油分がついたテカテカ光るプチトマト、私はあれ、大っ嫌いなんだけど。

今日から、夏休みが始まった。カーテンの向こうに、青空が透けて見える。やっと長い梅雨が明けた。開け放った窓から、そよ風が入ってきて、まるでカーテンが呼吸をしているみたいに、膨らんだり凹んだりする。ママは、簡易ソファの上に横になった。そんなママを労《いた》わるように、またそよ風が吹いてきて、ママの額を優しく撫《な》でている。

「お母さん、ちょっと休むから、マユ、はなちゃんのそばにいてあげてね」

ママは言った。

私は、バーバにそっと近づく。そして、バーバの周りに漂う空気を、思いっきり肺に流し込んだ。

果物が腐る寸前のような、熟した甘い匂《にお》い。バーバに近づくと、林檎《りんご》と梨《なし》と桃を混ぜたような匂いがする。そして、この匂いを嗅《か》ぐたびに、私は生まれて初めてチーズを食べた時のことを思い出してしまう。

あれは、パパの誕生日だったのか。それともパパとママの結婚記念日だったのか。その日両親はワインを飲んでいた。そして、テーブルには何種類かのチーズが並んでいた。

マユも食べてみるか。パパに差し出された一切れを口に含んだ私は、うぇっとすぐに吐き出した。パパ、まずいよ、これ。マユはまだ子供なんだなぁ、パパは顔をしかめる私をうれしそうに眺めていた。だって、腐ってるじゃん。私は抗議するように言った。腐っているんじゃないよ、醸《かも》しているんだよ。パパは、私が吐き出したのと同じチーズを幸せそうに口に放り、それから足の長いグラスを掲げて真っ赤なワインを飲み干した。そして言ったのだ。腐敗することと発酵することは、似ているけど違うんだよ。どう違うのかは、パパも上手に説明できないけど。

その時、ママがどういう顔をしていたのか、思い出せない。私は、ちぐはぐな両親の蝶番《ちょうつがい》となるべく、幼い子役を演じるのに必死だった。だから、もし今パパがそばにいるのなら、真っ先に尋ねたい。バーバは腐敗しているのか、それとも発酵しているのか。

私は、お人形遊びをするように、バーバの白い髪の毛をもてあそぶ。バーバの髪の毛をいじることを、ママはあまり良しとしない。でも私は、そうされている時のバーバはとても気持ちよさそうだと感じている。今日は、髪の毛を左右二つに分けて、三つ編みに結んでみる。本当に、柔らかくてお人形みたいだ。私が持っているカラーゴムで、左右の端を結んであげた。そして、私は耳元で囁《ささや》く。

「バーバ、おなかすかない？　私のキャラメル、食べる？」

ママの言い方が移って、幼い子供に話しかけるような口調になった。私は、箱からキャラメルを一つ取り出し、紙を剝《む》いてバーバの口元に持って行こうとする。と、その時、バーバの口元がふわりと緩んで、かすかに「ふ」という音がした。

「ふ？　ふって何？　このキャラメルは、熱くないから、ふーふーはしなくていいんだよ」

バーバが何かに反応したことに慌《あわ》ててしまい、早口になった。けれど、いざ私がキャラメルをバーバの口に入れようとすると、バーバはまたきゅっとくちびるを閉ざしてしまう。

「はい、あーん」

ママと同じ、甘ったるい声になった。すると今度は、バーバの右手がすーっと伸びて、窓の向こうを指差す。普段は直射日光が眩《まぶ》しいので、薄い方のカーテンは閉めたままだ。

「お外、見たいの？」

しっかりとバーバの目を見て尋ねると、バーバはまた、「ふ」という音を漏らした。

じゃあ、ちょっとだけだよ、そう言って、私はバーバの寝ているベッドを離れ、窓辺に移動する。それから、カーテンを開けた。その時、

「バーバ、もしかして、ふって富士山の、ふ？」

ふとひらめいたのだ。その瞬間、バーバの薄曇りのような色の奥まった瞳《ひとみ》が、ピカッと輝いたように見えた。

あまりにも当たり前に存在するので見慣れてしまい、忘れそうになっているけど、私達が暮らしている町からは、富士山がよく見える。昨日まで大雨が降っていたから、空気がいつもより澄んでいるのかもしれない。富士山は、ホームの窓から見える景色の中で、しっかりとした輪郭を現わしている。

「これでいい？　バーバ、富士山が見たかったんだね」

カーテンを開けたせいで、ますます心地よい風が流れ込んでくる。ママは、すっかり眠っているらしい。けれど、まだバーバは、「ふ、ふ」とかすかな息を出す。マユならわかってくれるでしょ、と訴えかけるような表情で。

「見えない？　ほら、よーく目をこらすと、向こうに、富士山、見えるでしょ」

バーバは口元をほころばせ、くちびるをパクパクと動かしている。

「ん？　おなか空《す》いた？　やっぱりキャラメル食べてみる？」

そう言いかけた時、何かを思い出しそうになった。バーバのこの表情を、いつかどこかで見たことがある気がしたのだ。いつだっけ？　バーバの、はにかむような柔らかい表情。

あっ、そうだ。何年か前に家族みんなで、かき氷を食べに行った時だ。並んで並んで、やっと噂《うわさ》のかき氷にありつけた時、バーバは、言ったのだ。ほーら、マユちゃん、富士山みたいでしょう、って。あ、そうか、そういうことか!!

「バーバ、わかった、少し待ってて。マユ、かき氷買ってきてあげるから！」

気がつくと、大声で叫んでいた。私が騒々しく部屋を出て行こうとした時、ママが目を覚ました。

「マユ、どこ行くの？」

眠そうな気だるい声で尋ねるので、

「バーバ、富士山が食べたいんだよ、絶対にそうだよ、だから今」

そう言いかけると、

「富士山？」

ママは、不思議そうに本物の富士山の方を見つめる。

「だから、何年か前、みんなでかき氷を食べに行ったじゃない。あれだよ、あそこのなら、バーバ、食べられるんだって」

「だって、あの店は」

「わかってる！　でも、行くしかないでしょっ！」

じれったくなり、つい乱暴な声を出してしまう。けれど、そうしている間にも、バーバの体が変化していくようで怖かったのだ。私は、ホームに置いてあるクーラーボックスを肩に担《かつ》ぎ、猛然と部屋を飛び出した。廊下を走りながら、バーバが受け付けなかったキャラメルを、口の中に放り込む。

駐輪場に停めてあった自転車にまたがり、かき氷店を目指した。大雑把に言うと、そこは、かつて家族三人で暮らしていた町の方角にある。道なら覚えている。ただ、パパの車で通った時の記憶だから、交通量の多い幹線道路を走らなくてはいけないけど。

夏休みで連休のせいか、車がかなり渋滞している。私は、臨機応変に歩道と車道を交互に走った。ぐんぐんと富士山が迫ってくる。急がなきゃ、急がなきゃ、気がつくと、猛スピードで走っていた。体が、風の一部になってしまいそうだった。

何かアクシデントが起きても不思議じゃなかったけど、何も起きずにかき氷の店まで辿《たど》り着く。でも、やっぱりここも、ものすごい人だかりだ。店の前に、長い行列ができている。どうしたら良いのだろう。このまま待っていたら、夜になってしまうかもしれない。私は、一心に店の奥へと突き進んだ。

この店では、天然氷というのを使っている。冬、プールのような所に水を貯《た》めて自然の力で凍らせ、それを切り出して保管し、かき氷にするのだ。私は今でも普通の氷との違いがよくわからないけれど、パパはその氷の味をえらく褒めていた。この氷でウィスキーの水割り作ったら、うまいだろうなぁ、とか何とか言って。でも、今はそんな感傷に浸っている場合ではない。一秒でも早くバーバにかき氷を届けなければ……。

店の庭では、みんなうれしそうにかき氷を頰張っている。あの時も向日葵《ひまわり》が満開だった。確かに数年前、私達はこのままいつまでも同じメンバーでいることに、何の疑いももたず、ここでかき氷を口に含んだのだ。

「すみません」

勇気を振り絞り、窓の所で四角い氷を機械で削っているおじさんに声をかけた。でも、周りが騒がしくて聞こえなかったのか、無視されてしまう。

「すみません！」

二度目は、声を強くした。ようやくおじさんが、できたての氷の山に透明なシロップをかけながら私の方を見てくれる。けれど、その先の言葉が繋《つな》がらない。私はみるみる泣きたくなった。ただ、バーバにかき氷を食べさせたいだけなのに。どうしてこんなに悲しくなってしまうのだろう。けれど、早く言え、と何かが私の背中を強い力で前に押してくれたのだ。

「バーバが、いえ祖母が、もうすぐ死にそうなんです。それで最後に、ここのかき氷を食べたいって」

ぐっとくちびるを噛《か》みしめ、涙の落下を食い止める。一瞬、音という音が世界から消えた。どうしてそんなことを口走ったのか、自分でもよくわからなかった。ママとの会話でも、ずっと気をつけて避けて通ってきた、一文字の単語。それが口をついて出たことに、自分でも驚いてしまう。

「ちょっと待ってて」

子供の言葉など相手にしてくれないかと懸念《けねん》していたのに、おじさんはぶっきらぼうにそう言うと、またくるくると機械のレバーを回し始めた。目の前のカップに、白い氷の山ができていく。私は、ポケットから小銭を取り出した。かき氷一杯は買える。おじさんは、氷の小山の上から、透明なシロップをうやうやしくかけた。それを、クーラーボックスの中に入れてくれる。

「ありがとうございます!」

お金を払い、深々と頭を下げて、その場を立ち去った。

帰り道は、ますますスピードを上げて自転車を走らせる。クーラーボックスの中の小さな富士山が溶け出す前に、どうしてもバーバに届けなくてはならない。

「ただいま。バーバ、富士山、持ってきたよ」

ホームに戻ると、またカーテンが閉じていて、部屋全体が飴色《あめいろ》に見える。クーラーボックスから、急いでかき氷を取り出した。もし全部溶けてしまっていたらと想像すると胸が潰《つぶ》れそうだったけれど、かき氷は、少し縮んだように見えるだけで、きちんと富士山の形を留めている。私は、ママにかき氷を手渡した。

「はーなちゃん、あーん」

ママはそう言いながら、バーバの口元に木製のスプーンを差し出す。バーバのくちびるは、うっすらと開いている。けれど、スプーンが滑り込めるほどの隙間《すきま》はない。

「マユが、一人で買いに行ってくれたんですよ」

ママの瞳から、つるんと一粒の涙が落ちる。やがてバーバは、何かを言いかけるように上下のくちびるを広げると、スプーンを受け入れた。

「おいしいでしょう？」

ママの声が湿っている。二度、三度と、バーバはスプーンの上のかき氷を吸い込んだ。そのたびに、目を閉じてうっとりとした表情を浮かべる。

私は確信する。バーバは今、数年前の夏の日、家族で行ったかき氷店のあの庭に帰っている。ごくり、と喉《のど》が鳴って、富士山の一部が、バーバの体の奥に染《し》み込んでいく。私は窓辺に移動して、カーテンをかきわけ外を見た。富士山が、オレンジ色に光っている。すると、マユ、とママが呼ぶ。

振り向くと、ほら、バーバがマユにも食べさせたいって、と、私を手招いている。驚いたことに、バーバは自分で木のスプーンを持っている。

近づくと、私の口にかき氷を含ませてくれた。同じように、ママの口にもかき氷を含ませてくれる。ママは明らかに、私よりも年下の少女の顔に戻っていた。

「おいしいねぇ」

舌の上のかき氷は、まるで冷たい綿のようだ。さーっと溶けて、消えてなくなる。

体のすみずみにまで、爽《さわ》やかな風が吹き抜ける。

「眠くなってきちゃった」

そのままバーバのそばにいたら、泣いてしまいそうだったのだ。簡易ソファへ移動した。ママの前で泣くなんて、かっこ悪い。

「軽い熱中症かもしれないから、そこで少し休みなさい」

ママが、威厳たっぷりに命令する。バーバとママ、二人の世界を邪魔しないよう、横になってそっとまぶたを閉じる。

再び目を開けた時、部屋の中があまりに静かで、胸がどきゅんと真っ二つに折れそうになった。天井が、虹色《にじいろ》に輝いている。もしかして……。私は起き上がって一歩ずつベッドに近づいた。バーバの隣に、目をつぶったママがいる。私は、バーバの鼻先に手のひらを翳《かざ》した。よかった。バーバは、生きている。

くちびるの端が光っていたので、私はそこに自分の右手の人差指を当てた。そのまま口に含むと、甘い味がする。でも、さっきのかき氷のシロップの甘さじゃない。もっともっと、複雑に絡《から》み合うような味だ。やっぱり、バーバは今この瞬間も、甘く発酵し続けているのだ。

親父《おやじ》のぶたばら飯

中華街で一番汚い店なんだけど。

　そう言われて恋人に案内された所は、本当に言葉通りの、いやそれ以上にすごい店だった。建ち並ぶ他の店はどこもキラキラとしていて小奇麗《こぎれい》なのに、そこだけは、展示室に放置されたままひっそりと埃《ほこり》を被《かぶ》っている標本のような雰囲気を滲《にじ》ませていた。××飯店という看板が出ていなければ、そこが店だとは気付かずに通り過ぎてしまうかもしれない。

　けれど、恋人がドアを押して中に入ったとたん、そこが今なお営業を続ける、活気のある店だということはすぐにわかった。空気のすみずみにまで、おいしそうな香りが紛れ込んでいる。様子をうかがいながら中に入ると、

「はい、いらっしゃい」

入口付近に、銭湯にある番台のような場所が設けてあり、そこに初老の女性が一人、腰かけていた。手にしているのは、かなり年季の入った算盤《そろばん》だった。

「こんにちは」

背の高い恋人が、身を縮めるようにして挨拶《あいさつ》する。

「坊や、また背が伸びたんじゃない？」

「いやぁ、私もうすぐ三十ですから、さすがに身長は伸びないでしょう」

顎《あご》の辺りに伸ばしているヒゲを撫《な》でながら、温和な口調で恋人が答えた。

女性は、ぐるりと店内を見回した。

「トイレの前でよかったら、テーブルの席が空いてるけど、お連れさんがいるしねえ」

恋人の背中に隠れるようにして立っていた私を見て、少し困ったような表情を浮かべている。

「一階じゃなくて、今日は二階で」

恋人は、天井の方を指差した。

番台の奥からのびる細くて急な階段を上って行くと、二階は畳敷きの小上がり席になっていた。壁には、かなり時代遅れのアイドルが、水着姿でビールジョッキを片手に微笑《ほほえ》むポスターが貼《は》られている。私達は、ポスターのすぐ横の席に向かい合って腰を下ろした。

「土日だと、外にまでずらっと行列ができて、一時間とか一時間半とか、平気で待たなくちゃいけないんだ」

「でも、そんなに並んででも、みんな食べたいんでしょう？」

「そう、中華街で、知る人ぞ知る人気店だから。取材は一切お断りだし」

まずはお手拭《てふ》きのタオルと、コップに入れた水が運ばれてくる。

「子供の頃から、よく来てたの？」

恋人の実家は横浜にある。さっき坊やと呼んだ女性の口ぶりからすると、相当幼い頃から恋人を知っているようだ。

「そう、俺もそうだけど、親父《おやじ》なんか、先代の料理長の時から通ってたみたい。腹減ると、小学生の時から一人で金持ってここに来て食べてたって。一体、どんなガキなんだよなぁ」

恋人の父親は、すでに他界している。横浜生まれの横浜育ちで、絵に描いたようなハマっ子だったという。

「メニューは、任せてもらってもいいかな？」

「お任せします」

いつもだったら必ず、私にもメニューを見せて何が食べたいかを聞いてくるのだ。いつもと言っても、まだ数えるほどしかないけれど。私達にとってのデートは、一緒にレストランに行くことだ。

「じゃあ、ビールを一本頼んで、しゅうまい食べて、その後ふかひれのスープで、最後に」

「ぶたばら飯ね」

いつの間にか私達の近くで会話を聞いていたらしいエプロン姿のおばさんが、親しげに話しかけてくる。どことなく、下の番台に座っていた女性と顔立ちが似ている。

「海老《えび》はいいの？」

先の丸まった鉛筆で何かの裏紙にオーダーのメモを取りながら、おばさんは恋人にたずねた。

「本当はそれも行きたいんだけどさ、今日は二人しかいないし、今度にするよ。カナダに行く前に、また来るから」

「カナダ？　坊やの新婚旅行かい？」

「何言ってんだよ、違うってば！　来年から、転勤になったの」

恋人の顔がみるみると赤くなった。付き合い始めて、まだ半年しか経《た》っていない。

「腹がペコペコだからさ、おばちゃん、早く注文だして来てよ！」

恋人は、ぶっきら棒な口調で言い放った。

「はいはい」

おばさんがとつぜん変なことを言うので、私まで顔が火照《ほて》ってしまう。けれどおばさんは、急ぐ様子も見せず、片足を引きずりながらゆっくりと一段ずつ階段を下りる。

ようやく気を取り直したのか、恋人はタオルで両手を拭《ぬぐ》って水を飲むと、ネクタイを緩め、リラックスした様子で話し始めた。

「うちの親父ってめちゃくちゃ食道楽でさ、この店はスープが旨《うま》いからスープだけ飲んで、次の店はサラダが美味《おい》しいからサラダだけ食べて、次にステーキ食いに行ってとか。デザートはあの店で、ってそういうことを、日常的にやる人だったんだ」

「素敵じゃない」

うっとりして私がつぶやくと、

「そんなんじゃないんだって、付き合わされる身にもなってよ。子供だから、もう早く腹いっぱい食いたいのに。空腹時にスープだけ飲まされて、後は次の店まで我慢なんて、拷問《ごうもん》だよ。お袋も、しぶしぶ親父に付き合わされててさ」

恋人が父親の思い出を語る時、顔にはいつも穏やかな春の海みたいな表情が広がっている。それを見ているだけで、私も安らかな気持ちになる。

「でも、それであなたの舌が肥えて、今、私もあやかれているわけですから」

最近は、たまに恋人をあなたと呼べるようになった。

「まぁね、結局ここが、親父が一番多く足を運んだ店だったんだな」

恋人は、遠く、お父さんが生きていた時代を見つめるような眼差《まなざ》しを浮かべていた。けれど数秒後、

「はい、ビールとしゅうまい」

周りのお客の喚声に負けじと、おばさんが大声を出してテーブルの上に皿を置く。不揃《ふぞろ》いな形のしゅうまいからは、ほわほわと白い湯気が立っている。

「いただきます」

私は箸《はし》を持ち上げた。熱い食べ物は熱いうちに。私達が食事を共にする時の鉄則である。

「美味しい！」

口の中にまだ熱々のしゅうまいを含んだまま、それでも驚きの声を上げずにはいられなかった。固まり肉を、わざわざ叩《たた》いて使っているのだろう。アラびきの肉それぞれに濃厚な肉汁がぎゅっと詰まって、口の中で爆竹のように炸裂《さくれつ》する。

「うん、やっぱりここのしゅうまいは、天下一品だね」

恋人も、コップに残っていた冷たいビールを飲み干してから、幸せそうにしゅうまいを頬張っていた。

五つあったしゅうまいは、恋人が三個、私が二個食べた。本当は、一皿全部ぺろりと食べられそうだった。追加の注文をしてほしい気持ちをぐっと喉元《のどもと》で堪《こら》えていると、両手にトレーを持ったおばさんが、またゆっくりと階段を上ってくる。

「はい、お待たせ。スープは、ここに置いとくよ」

今度は、かなり大きなどんぶりにたっぷりと入ったふかひれのスープだ。霧のように白濁したスープには、細切りにしたハムや野菜などが、願い事を記した七夕の短冊《たんざく》のように入り混じっている。見ているだけで、食欲が刺激された。恋人が、どんぶりから小鉢にスープをよそって渡してくれる。

レンゲですくって舌の上に流し込んだ。ふかひれが、どっさり入っている。

「こっちも、最高」

どうして本当に美味しい食べ物って、人を官能的な気分にさせるのだろう。食べれば食べるほど、悩ましいような、行き場のないような気持ちになってくる。

「ふぅ、幸せ」

「よかった、珠美《たまみ》にも喜んでもらえて」

今まで、さん付けで私を呼んでいた恋人が、初めて呼び捨てにしてくれた。そのことに気付かなかったふりをして、私はまた、小さなレンゲにたっぷりとスープをすくって口に運ぶ。スープの中にふかひれが入っているというより、ふかひれの周りにスープが絡《から》み付いているような、それくらいとろとろで、おしみなくふかひれが使われていた。

「たくさん食べて」

言いながら恋人が足を崩したので、私も同じタイミングで姿勢を変える。同じ会社に勤めているけれど、私達が付き合っていることは、誰も知らない。恋人は、私より三歳年上で、営業の部署で働いている。

私は自分でどんぶりから小鉢にスープを移した。十月にもなると、さすがにこういう湯気の立つ食べ物が恋しくなる。

ふかひれのスープは、優しく優しく、まるで野原に降り積もる雪のように、私の胃袋を満たしていった。地面に舞い降りた瞬間すーっと姿を消してしまうかのように、胃から体の隅々へ行き渡っていく。儚《はかな》い夢を見ているようだった。美味しい物を食べている時が、一番幸せなのだ。嫌なこととか、苦しいこととか、その時だけは全部忘れることができる。

「なんでこんなに美味しいのかしら？」

レンゲの中のスープをしみじみと見つめながら、つぶやいた。決して、味が薄いのではない。ベースには、しっかりとしたダシが効いている。そう、淡いのだ。

「風邪を引くと、ここんちのスープを飲ませてもらえるから、ちょっと嬉《うれ》しくて」

「贅沢《ぜいたく》ねぇ。でも風邪の時とか、確かにこのスープだったら、他の物が食べられなくても胃に入りそう」

「そうなんだよ。優しい味だから」

「本当に、穏やかな味がする」

スープを飲めば飲むほど、おなかに湯たんぽを当てているみたいに温かくなった。手足の先まで温かくなって、ほんのりと眠たくなる。

「珠美は、うまい物を食うと、本当に子供みたいな顔になるね」

そう言う恋人だって、会社でイライラしている時とは別人だ。

「お互い様でしょう」

私達は、美味しい食べ物で結びついている。

ほとんどスープがなくなりかけた絶妙のタイミングで、ぶたばら飯が登場した。

「これが、親父がこよなく愛したぶたばら飯だよ。家族で海外に暮らしてた時も、ぶたばら飯が食いてぇ食いてぇって我がまま言って、お袋が困ってた。うちのお袋も料理の腕はプロ級なんだけど、ここのは絶対に真似《まね》できないって」

ふかひれのスープ同様、こちらも大きなどんぶりに山盛りだ。知らないで一人一つずつ頼んだら、大変なことになってしまう。また、恋人がよそってくれた。白いご飯の上に、煮込んだぶたばらと熱い葛《くず》あん、色を添える程度に小松菜がのっている。

「美味しそう」

小鉢なのにずっしりと重たい器を渡されて、私はしみじみと感嘆の声を上げた。あんは艶々《つやつや》と光っていて、熱で形をなくした宝石のように鈍い飴色《あめいろ》に輝いている。

「いただきます」

心を込めてつぶやいた。

もう、感想を言葉にする余裕すらなく、とにかく目の前の食べ物と早く一緒になりたいようなもどかしい気持ちで、何度も何度も白いレンゲを口に運ぶ。ご飯粒にはしっかりとした弾力があり、何か独特な香辛料の効いたあんが絡まっていて、唯《ゆい》一無二《いつむに》の味になっていた。ご飯にあんをかけただけだって、もう十分ご馳走《ちそう》なのに、メインのぶたばらと言ったら……。世の中に、こんなに美味しい物があったのだろうか。大きな固まりなのに、レンゲでスーッと切れるほど柔らかく煮込んである。

肉の繊維の一本一本にまで味が染《し》み渡っていて、食べ物というより、芸術作品を口に含んでいるようだった。食べていると、とても優雅な気持ちになってくる。

「どうやら、気に入ってもらえたようで」

黙々と食べていたことにはっと気づいて顔を上げると、恋人がうんと目を細めて笑顔で私を見つめていた。

「ここは、いまだにガスじゃなくて、コークスっていう燃料を使って料理しているんだって。だから、火力がものすごく強いから、こういう煮込みなんかも、美味《うま》く仕上がるらしいんだ。親父《おやじ》も、この店でだけは、一食まるまる同じ店で食って堪能《たんのう》してた」

「当然でしょう」

自分で二杯目のおかわりをよそう。おなかは、もうほとんど満たされていた。それでも、まだいける感じだった。結局、恋人は四杯、私は三杯食べた。最後は、あまりにおなかが苦しくて、スカートのボタンがはちきれそうになってしまう。

「もう動けないかも」

幸福な余韻をたっぷりと滲《にじ》ませ、ため息をこぼす。恋人と一緒に小さな筏《いかだ》に乗って、ゆらゆらと漂いながら満天の星を見上げているような気分だった。

あんなにたくさん入っていたどんぶりにはもう、米粒一つ残っていない。すべて、私と恋人の二つの胃袋に収まった。恋人が目の前にいないのなら、姿勢を崩して、そのまま畳の上に寝そべりたい。

すると、お茶を一口含んだ恋人が、とつぜん正座になり、神妙な表情を浮かべた。その沈痛な顔を見ていたら、ふと、自分が何かとんでもない失態を犯してしまったのかと思い、私も同じように姿勢を正した。もしかして、恋人に嫌われることでもしてしまったのだろうか。

「えーっと、今日は珠美に、話したいことがあってさ」

恋人が、ますます緊迫した表情を浮かべる。私はとっさに、別れ話かもしれないと思った。きっと私のことが不憫《ふびん》で、最後に美味しい食事をご馳走してくれたのかもしれない、と。

「来年からカナダに行くことになったってことは、この前話したんだけど……」

恋人はゆっくりとした口調で話し始めた。

その前に別れてほしい、ということだろうか。恋人がますます苦しそうな顔をするので、私は見ていられなくなった。半年間でも、いろいろな店に一緒に行って食事をした。それだけで、十分楽しかった。恋人に何を言われても、もう覚悟は出来ている。すると、

「珠美も一緒に、来てくれないかな？」

驚いて顔を上げると、恋人が顔を真っ赤にして私を見ている。

「僕と、結婚してくれないだろうか」

「えっ？　だって……」

そこまで言って、また俯《うつむ》いた。

「わかってるよ。でも、全部承知で、プロポーズしているんだよ。あいつのことが忘れられないなら、ただ一緒にご飯を食べるだけで構わないから。珠美といると、幸せなんだよ」

半分、泣きそうな声だった。

前に付き合っていた私のボーイフレンドは、交通事故である日とつぜん私の前から姿を消した。同じ会社の人だったから、恋人もそのことは知っている。だからもう何年も、誰とも付き合っていなかった。あんなことがあってから、はじめて付き

合ったのが恋人なのだ。

うなだれたまま瞬《まばた》きをした瞬間、ぽたぽたと、両方の目から涙が一滴ずつこぼれた。様々な思いが、胸の奥で弾《はじ》けた。

「親父の遺言なんだ。嫁さんを選ぶ時は、この店の味がわかる相手にしろよって」

その発想がおかしくて、思わず顔を上げ、くすっと笑ってしまう。

「おもしろい遺言ね」

笑顔のまま、頬についた涙を拭《ぬぐ》った。

「全くだよ。でも、僕もそう思うんだ。一緒に美味《おい》しい食事ができる相手が一番いいってね」

「だけど、それだけで決めちゃっていいの？　他にも、いろいろチェックしなきゃいけないことがありそうだけど」

すると恋人は、ふふふふふとおかしそうに笑い、

「それはもうチェックが済んでるから」

と続けた。何のこと？　と私は目でたずねた。

「お袋がよく言うんだ。パートナーを決める時は、一緒に食事をしろって。それで、

残さないできちんと食べる相手だったら、財布を任せても大丈夫だって」

「まぁ」

確かに、そのチェックポイントから言えば、私は合格点かもしれない。

「ありがとう」

たくさんの意味を込めたつもりで、私は答えた。もしかしたら、本当にこの人とだったら、私がもう余生だと思っていた人生を、自分が主人公になって、また一から始められるかもしれない。もちろん、このタイミングでプロポーズされたのには驚いたけれど、私も秘《ひそ》かに心のどこかで、恋人といつまでもこうして向かい合っていられたらいいと、夢見るようになっていた。

「でも本当に俺でいいの？　出発まで、まだ少し時間があるから、珠美もよく考えてみてよ」

私がプロポーズを受け入れたということは、表情から伝わっているのだろう。珠美と呼ぶ恋人の声が、耳の底に心地よく響く。

「そうね、ちゃんと一生美味しい物を食べさせてくれる相手かどうか、見極めなくちゃ」

少しふざけて、そう答えた。

好きな人と何気ない会話をするささやかな幸福を、久しぶりに思い出した。一瞬、大きな感情が吹き荒れそうになる。声を上げて泣きわめきたいような、そんな感じだった。けれど、おなかが満たされすぎていて、私はぼんやりと恋人を見ているだけで精いっぱいだった。

会計をする時、番台の女性がニヤニヤと笑っている。

「坊や、何かいいことでもあったのかい？」

意味ありげな様子で恋人に茶々を入れるものだから、恋人の顔はまた一気に耳まで赤く染まった。

「今度、ちゃんと報告するから」

女性の口を封じるように、恋人がさっさとお金を払う。

「ご馳走様でした」

厨房《ちゅうぼう》で働く料理人にまで聞こえるよう、私は大声で言った。汚い、なんてとんでもない。この店には、料理をこよなく愛する人達の美しい魂が、精霊のように寄り集まっている。

店の外に出ると、すっかり陽が暮れて少し肌寒くなっていた。

「公園まで歩こうか」

恋人の手が、ふんわりと私の手を包み込む。

「カナダは、すごく寒いんじゃない？」

「でも、行くのは海沿いの街だから、きっと新鮮な魚介類がたくさんあるよ」

港に停泊中の船を、月が煌々《こうこう》と照らしている。私達は、一歩ずつ月へと近づいた。

まるで、バージンロードを歩くような、ほの明るい気持ちに包まれて。

さよなら松《まつ》茸《たけ》

結局、山下は朝まで戻らなかった。会社に残って徹夜で仕事をして、一回帰って少し休んでから午後の便で行くよ。昨日の夜、そんなメールが届いた。部屋を出る時、山下のスーツケースが、ぽつんとリビングに置いてあった。一泊の旅行にしては、やけに大きい。

私は予定通り、朝八時過ぎにマンションを出た。満員電車でもみくちゃにされながら、羽田空港を目指す。私だって、山下と同じくらい、いや山下以上に、仕事は忙しい。だけどせっかく能登《のと》を旅行するのに、午後の便で行くなんて考えられない。

今日は、私にとって、三十代最後の一日なのだ。それで、奥能登にあるひなびた宿でお祝いしようと、前々から決めてあった。だけど、まさかこんな気分で別々に出発するなんて……。予約を入れた時は、つゆほども思っていなかったのに。能登は今、ちょうど松茸《まつたけ》の季節である。

羽田空港で、お昼に食べるお弁当を調達した。それを持って、能登を目指す。陸路で行こうとするとかなり時間がかかるのに、飛行機に乗ってしまえば、ものの一時間で到着する。その近さがうれしくて、二人で休みが取れると、よくふらりと出かけた。能登は、食べ物もおいしく、古い文化がまだまだたくさん残っている。

ふわりと機体が宙に浮かんだ瞬間、催眠術をかけられたように睡魔がやってきた。昨日、あまり眠れなかった。もしかしたら山下が深夜に帰ってくるんじゃないかと思うと、そしてやっぱり自分も午前の便で行こうなんて言い出すんじゃないかと思うと、なんとなく眠っているのか眠っていないのかはっきりとしない、曖昧《あいまい》な眠りしか訪れなかった。

うつらうつらしていたら、あっという間に薄曇りの能登に到着する。ここからは、タクシーで宿を目指す。民家の軒先の柿《かき》の木に、だいだい色の実がついている。セイタカアワダチソウの黄色い花が目に眩《まぶ》しい。道路の両脇《わき》には深い森が続き、畑の緑が潤《うるお》っている。私も山下も都会育ちだから、逆にこういう素朴な田舎に魅《ひ》かれたのかもしれない。結果的に能登が、山下と一番多く一緒に旅をした土地になった。

宿には、お昼過ぎに着いた。チェックインできる三時まで時間があるので、宿泊客が自由に使える離れの部屋で過ごす。置いてあるハーブティをポットに入れてお湯を注ぎながら、前回ここに山下と来たのは、去年の春先だったことをぼんやり思い出した。近くの里に咲く桜の花が満開だったから、覚えている。

それまでも能登には何度か来ていたけれど、この宿に泊ったのはその時が初めてだった。飾らないけれど上質のもてなしをしてくれて、何よりも料理が驚くほどおいしいこの宿を、私も山下もすぐに気に入った。その時、一緒になった中年のご夫婦が、私達に教えてくれたのだ。松茸の時期は、もっと感動しますよ、と。夫婦は毎年、秋になると松茸を食べにわざわざ大阪からやって来るという。

お弁当を食べ終え、本を読む前にちょっとだけ休もうとソファに寝そべったら、そのまま起き上がれなくなってしまう。途中で、手元からバサッと文庫本が床に落下した。気付いた時には、チェックインの三時を少しだけ過ぎていた。

急ぎ足で本館に向かい、部屋に入る。六畳ほどのこぢんまりとした和室には、すでに布団《ふとん》が並べて敷いてあった。寄せてある二組の布団を、不自然に見えない程度に間を空けて横にずらす。それからすぐに、湯殿へ向かう。どうやら、今夜の客は、私と山下の二人だけらしい。

「あぁ、気持ちいい」

広い石風呂《いしぶろ》を独占しながら、手足をのばす。山下と共同で借りていた部屋のお風呂はユニットバスだから、こうはいかない。お湯からは、うっすらと鉱物の匂《にお》いがする。大きな窓の向こうには美しい竹林が広がっており、前回は、この竹林でとれた筍《たけのこ》をいただいたのだ。それにしても、何も音がしない。静寂が、耳の奥底に固まりとなって流れ込んでくる。

山下が、他の女性と歩いているのを共通の知り合いが見つけ、わざわざ私に報告してくれたのは、今年の梅雨の頃だった。思えば、私の時だって、山下には恋人がいた。人間は同じことを繰り返すって、何でもっと早く気づかなかったのだろう。

山下の口から、話を聞きたかった。他に好きな人ができたのなら、きちんと言ってほしかった。その方が、踏ん切りをつけやすい。けれど、私が正面から向き合おうとするたびに、山下はウナギのような器用さで、するすると修羅場を逃れた。言い争ったりするのが嫌いな性分なのだ。

でもそれは、私にしても同じだった。呪《のろ》ったり、罵《ののし》ったり、泣きわめいたり、壊したり、そういうことをすれば、少しは気持ちが楽になったかもしれない。でも、わかりやすい形で感情を膨らますことが、どうしてもできなかった。もちろん、悲しいし、切ない。だけど、そこまでのエネルギーが、私にはなかった。ただただ、面倒に思えた。でも結局、のらりくらりとかわす山下に嫌気がさして、決定的な別れ話は、私の方から切り出した。山下に根負けしたような、そんな感じだった。

それが、この夏の出来事だ。ただでさえ暑くて気持ちが滅入《めい》るのに、別れ話が重なって、本当に疲れた。離婚経験のある友人が、離婚は結婚する時の何倍ものエネルギーを要するとしみじみ語っていたけれど、まさにそうだ。籍は入れていなかったものの、一緒に暮らして十年以上が経《た》ち、共通の知り合いも多い。部屋には、二人で買った物が山ほどある。これを全部分けるのかと思うと、途方に暮れて、何度も何度も挫折《ざせつ》しかけた。

最終的には、山下が部屋を出て行くことで話がまとまったのだ。新しい人と暮らすのかと思っていたら、山下は会社のそばに一人暮らしの部屋を借りるという。その部屋の契約が、ちょうど月末に当たる私の誕生日の頃と重なった。嘘《うそ》か本当かはわからないけど。こうして着々と、別れの準備が整った。

ただ、問題は松茸だった。当然、もう行かないだろうと思った。けれど、山下はせっかくだから行こうと言う。後藤が四十になる誕生日は、俺が見届けるから、と。優しいのか、優しくないのか、いまだにわからない。予約をキャンセルするタイミングを逸してしまい、結局予定通りに能登行きを決行した。だからこれは、山下との最後の旅行、つまりはお別れ旅行ということになる。熱めのお湯に浸《つ》かりながら、気がつくと、なぜだか山下のことばかり考えていた。

すっかりのぼせたようになって湯殿を出る。すでに外が薄暗い。食事処《どころ》となるいろりの間には、炭火がおこされている。少しして、宿の前に車が止まる音がした。きっと能登空港からレンタカーで駆けつけた山下が、到着したに違いない。

山下と、向かい合って夕食をとる。宿の人に熱燗《あつかん》を頼んだ。

乾杯、と山下は声に出してそう言ったが、私には何に対しての乾杯なのかさっぱりわからない。お別れの？　私の三十代最後の夜の？　明日でもうこの人と会えなくなるということが、いまいち実感としてわいてこなかった。十年以上一緒にいて、ほとんど空気のような存在になっている。恋愛感情というのとは少し違うけれど、薄くて甘い砂糖水のようなもの。それを、私の中から完全に払拭《ふっしょく》することは、まだできていない。

「あついうちに召し上がってください」

いきなり目の前に登場したのは、松茸のフライだ。口に含むと、サクッという音と共に、松茸特有のふくよかな香りが広がる。もしかしたら、別れを目前にして、松茸なんか食べても、味も香りもわからないんじゃないかと不安だった。でも松茸は、ちゃんと松茸の味がした。

「やっぱり、来てよかったかも」

現金すぎると思いながら、そんな言葉を口にする。山下は、私の声が聞こえなかったのか、それとも聞こえたけれど聞こえないふりをしているのか、何も答えず、松茸のフライを咀嚼《そしゃく》することに集中している様子だ。この人は、絶対に口に物を入れたまま喋《しゃべ》らない。そんな些細《ささい》なことも、私が山下を好ましく思った理由の一つだ。

一緒に添えられている銀杏《ぎんなん》は、ぷりぷりと身が大きく、絶妙の煎《い》り加減である。

時間そのものを味わうようにと、一品一品、塗りの器に盛り付けて、ゆっくりと出してくれた。白身の刺身は、キジハタの昆布〆《こぶじめ》だという。奥行きのある味わいだ。私も山下も、お酒がどんどんすすんでいる。小ぶりな松茸をさっとあぶった焼き松茸は、醤油《しょうゆ》のかかった大根おろしをつけていただく。噛《か》めば噛むほどに、優雅な味が、口だけでなく体中に波打つようだ。

明日、目の前の人と別れるのだということすら、うっかり忘れそうになってしまう。いろいろなことを思い出さないよう、私は食べることに専念した。この旅では、絶対に泣かないと決めている。

続くは、甘鯛《あまだい》の頭の味噌《みそ》漬けである。手づかみで食べてください、とのことなので、指で直接骨を持ち上げ、口に含む。

「うまいなぁ。グジは、頭の方がいい味がする」

ふと顔を上げると、山下が真剣な表情で骨の周りの身を食べていた。グジとは、関東でいう甘鯛のことだ。

私も、複雑に入り組む骨の間に舌を滑り込ませ、まるで迷宮のような骨の奥から小さな身を探し当てる。気が付くと、二人とも言葉を交わすのも忘れて夢中になっていた。続く、レンコンとカニの酢の物には唐辛子の爽《さわ》やかな辛さが効いていて、口の中がさっぱりする。

いよいよ、お待ちかねのすき焼きである。すき焼きの噂《うわさ》は、すでに前回宿で一緒になった大阪のご夫婦から、耳にタコが出来るくらい聞かされている。

卵を執拗《しつよう》にかき混ぜる山下を見ながら、なんだか可笑《おか》しいような、懐《なつ》かしいような気持ちに包まれた。この人は、絶対にカラザを取り除く。少しでも白身と黄身が混ざっていないと、不機嫌になるのだ。

鉄鍋《てつなべ》の上に牛脂をのせ、脂《あぶら》が溶けるのをじっと待つ。まずは牛肉からと言われたので、黒々と光る鉄鍋の上に、さしの入った上質の牛肉を広げて置いた。この近くで育った能登牛だという。引っくり返したところで、醬油さしに入った割り下を回しかける。じゅっと音がして、甘い湯気が広がった。さっそく、一切れずつ肉を取って卵に浸し、口に入れる。舌の上で、とろけるようだ。二人ですき焼きをすることもあったけれど、たいてい手頃な赤身肉で済ませていた。

すべての肉を平らげてから、今度はネギと松茸、糸コンニャクを入れる。ネギはしゃきしゃきとした歯応《はごた》えが小気味よく、むしろ松茸よりもおいしい。最後は、互いの残った卵も鍋に入れ、何一つ残さず食べ尽くした。

「私、酔っぱらったかも」

お猪口《ちょこ》に残っていた日本酒をグッと飲み干す。頭がくらくらした。体に酔いが回るのと反比例するように、山下への複雑な気持ちが、なりを潜める。

おぼろ豆腐を浮かべたお吸い物の下には、ご飯が隠されていた。

「よく混ぜて食べるとおいしいよ」

すでにほとんど食べてしまった山下が、私を見て教えてくれる。

「豆腐のお茶漬けだね」

上にのせられたワサビをかき混ぜながら、ご飯粒をさらさらと胃に流し込む。

この別れはきっと、私にとって人生最大の試練になるだろう。本当に、乗り切れるだろうか。明日、部屋に帰ったら、一人暮らしが始まる。あの部屋に、もう山下は戻ってこない。今日能登まで持ってきているあの大きなスーツケースには、部屋に残されていた最後の山下の荷物が、すべて収まっている。それを思うと、みるみる涙が込み上げてきた。

感傷的になりそうになっていたところで、タイミングよく、デザートの梨《なし》がやって来た。

「おっ、初物だな」

山下が、さっそく梨に手を伸ばす。気がつくと、数々のおいしい物達が、嵐《あらし》のように私達の間を吹き抜けていた。

　満腹のおなかを抱え、部屋に戻る。とつぜん、夢の中から現実の世界に突き放されたようだ。山下と、何を話してよいのかわからない。この部屋は、別れを前にした私達には親密すぎるのだ。二つ並んだ布団が、なまめかしい。照明も薄暗くて、ムードがありすぎる。前回は、このほの暗さが嬉《うれ》しかったはずなのに。山下も、居心地が悪いのか、

「風呂、どうする？」

　荷物を取り出しながら、背中を向けて素っ気なくたずねる。せいぜい二、三組しか泊まれない宿なので、基本的に湯殿は家族単位で入ることになっている。

　別れ話が本格的に決まってから、お互い、なるべく顔を合わせないように暮らしてきた。寝る時間が重なってしまった時は、山下がリビングのソファで横になった。前回来た時は一緒にお風呂に入ったけれど、もうそんなこと、できないだろう。

「私はご飯の前にゆっくりいただいたから、どうぞ」

　つとめて、普通の声を出した。

「じゃ、ちょっと行ってくる」

洗面道具を持ち、山下が部屋を後にする。

浴衣《ゆかた》に着替え、そのまま布団《ふとん》に滑り込んだ。山下が戻ってくる前に、寝てしまおう。幸い、いい感じで酔いが回っている。きっと、終わり良ければすべて良しになるはずだから。


翌朝、目が覚めると、すでに山下は布団から出て窓の外を眺めている。空には、昨日よりも更に重たい雲が広がっていた。もしかしたらすでに、小雨がぱらついているのかもしれない。

しばらくぼんやり後姿を見ていたら、山下が不意に振り返って、

「誕生日、おめでとう」

しわがれた声を絞り出した。昨日の夜、寒かったのか、声の調子がおかしい。でも、何も気づかなかったふりをして、私も、おはよう、と返した。

今日が自分の誕生日だということを、意識のどこかでわざと忘れようとしていたのだろうか。一瞬、山下の放った「おめでとう」の意味が、よくわからなかった。そのために今、この宿に来ているというのに。

「お風呂《ふろ》、行ってこようかな」

　もそもそと布団から出る。やっぱり、昨夜は何もなかった。当たり前かと思いながら、寝ている間に緩んだ帯を結び直し、上から丹前を羽織ってそそくさと部屋を後にする。湯殿のお湯は、少しぬるくなって入りやすくなっていた。

　朝食は、松茸《まつたけ》ご飯だった。一合も入ろうかという塗りのお椀《わん》に、たっぷりよそわれている。他にも、惜しみなく松茸の入った茶碗蒸《ちゃわんむ》しに、松茸の味噌漬け。レンコンと人参《にんじん》、モロッコインゲンの炊《た》き合わせ。飛竜頭《ひりょうず》。白菜のおしんこ。

　この宿は松茸の時期に来るといいと教えてくれたご夫婦も、とにかく朝ご飯が素晴らしいのだと熱っぽく話していた。その言葉通り、完璧《かんぺき》だ。どの料理も、しみじみとおいしい。この宿は本当にさりげないけれど、やっていることは超一流だ。

　最後は、松茸ご飯に土瓶蒸しのスープをかけ、お茶漬けにして食べた。こんな贅《ぜい》沢《たく》なご馳走《ちそう》、今までに食べた記憶がない。皮肉にも、四十年生きてきた人生で、最高の朝食だ。

「お別れするのに、こんな素敵なご飯、いただいちゃっていいのかしら」

　すべての料理を食べ終え、お茶を一口飲んだら、思わず本音が出てしまった。うちで飲んでいたのと同じ銘柄の加賀棒茶だったから、気持ちが緩んでしまったのかもしれない。私達が別れるということに関しては、一切、口にしないつもりだったのに。

今日で、人生が終わってしまえばいいのに。心の中で、そう思った。そうしたら、この後にやってくる面倒な感情と、向き合わなくても済むのに。本当にこれが、私達の最後の食卓だったのだ。目の前に食べ物がなくなってしまったら、急にもう、何もすることがなくなってしまう。

手を繋《つな》いだり、新しいお店を探したり、同じ本を読んで感想を言い合ったり、テレビを見たり、お風呂に入ったり。今まで当たり前のようにあったそういう時間も、二度と戻らない。これからは、別々に暮らす。もう、能登空港の売店で好物のサバ寿司《ずし》を買って帰っても、一人では食べきれない。

私達の道は、時間が経《た》てば経つほどに、どんどん離れていくだろう。いつか、何十年も経ったら、そういえば、後藤って女と同棲《どうせい》してたっけなぁ、でももう顔も覚えていないや、なんて思われるのかもしれない。その頃私は、もうこの世にいないかもしれない。

自分が不幸な人生を歩んでいるとは思っていないし、山下と人生の一時期を共にできたことも、後悔などしていない。この先、また誰かと出会って、一緒に暮らしたりすることもあるかもしれない。けれど、今の私には、また一から赤の他人と関係を築くなんて、途方に暮れる作業だった。

そのまま食事処《どころ》に残って、宿泊客が書き残したノートをめくっていたら、スーツに着替えた山下がやって来た。別々に会計をしようと思っていたのに、私の分も払ってしまう。今日はこれから東京に戻り、午後から出社するのだという。

「見送らないよ」

私の方から先手を打った。

「じゃあ」

山下が、しょっぱい物を食べた時のような顔をする。

「今までありがとう、元気でね」

さばさばとした口調で言ってから、私は右手を差し出した。

「後藤も、体を大事に」

山下の右手が、私の手のひらを包み込む。

「お互い、四十代だもんね」

少しふざけるように言ってから、手を引っ込めた。

宿の玄関を出て、山下が砂利道を歩いていく。車のドアが開く音がして、山下が運転席に乗り込む。数秒後、山下の運転する車が発車した。さよなら、私は心の中で小さく呟《つぶや》く。

再び宿泊客のノートをめくっていたら、見慣れた文字が目に飛び込んできた。一年半前、一緒に来た山下が書き残したものだった。こういうことを、するような人ではないと思っていたから、意外だった。でも、確かに山下が書いたものに間違いない。

「恋人と、初めて来ました。彼女は、夕食を食べたら、すぐに寝てしまいました。ひまなので、今、これを書いています。今度は、ぜひ松茸の時期に来ます。その時は、恋人と結婚して、もしかしたら子連れ旅行になるかもしれません」

酔っ払って書いたのだろうか。結婚もしたくないし、子供も欲しくないと言っていたのは、山下の方だったのに。でもそこには、確かに、私の知らない山下がいた。私達にはもうすでに、別々の道が始まっている。

浴衣のまま表に出て、外の空気を吸い込んだ。四十年前、私が最初に吸い込んだ空気も、こんなに冷たく湿っていたのだろうか。

雨は、いよいよ本降りになってきた。

こーちゃんのおみそ汁

一月の寒い朝に産声《うぶごえ》を上げた私に、呼春《こはる》という名前をつけたのは母だったそうだ。父は、母の名である秋子と対をなすよう、春子もしくは冬子とつけたかったらしい。その発想はいかにも真面目《まじめ》な父らしくて笑ってしまうが、私は自分の呼春という名前をえらく気に入っている。特に目立った取り柄はないけれど、自分が特別なような、少なくとも両親にとってはかけがえのない存在であったのだと、心の深い深い部分で信じられるのだ。

ただ、私に呼春と名付けた母は、もうこの世にはいない。この世界を旅立って、二十年になる。母が亡《な》くなった瞬間の記憶も、お葬式の記憶も、私にはない。おぼろげながら、冬の寒い日に、父と母と三人で私のランドセルを買いにまちなかのデパートまで出かけたことは覚えている。もしかしたらあれが、母にとっては最後の外出だったのかもしれない。

いつの間にか、母の姿はこの家から消えていた。気が付けば、父と二人だけの、それなりに平穏な日常が始まっていた。ランドセルを背負って行ってきまーすと玄関を出る私を見送るのは、ワイシャツにエプロン姿の父以外ありえなかったし、食事は、父と二人で食べるのが当たり前だった。今から思うと母は、私と父がそこまでに至れるよう、余命をすり減らすようにして私を訓練してくれたのだろう。

結婚が決まり、この家を出ていくことになった今、私はようやく、自分の中に根付く「母」の存在に気付き始めた。ただ、トランプのカードをめくるように次々と記憶に立ち上ってくる母の面影は、どれも厳しい。だから今まで、記憶の底に封印していたのかもしれない。

いわゆる特訓が始まったのは、私が幼稚園に入る頃からだった。もちろん、おぼろげな記憶しかない。もしかしたら、その頃、再発していることがわかったのかもしれない。自分のことは何でも自分でできるよう、洗濯機の回し方やトイレ掃除のやり方を、母は猛烈な勢いで私に教え込んだ。

台所仕事だって、例外ではない。幼稚園児に火を使わせるなんて危ないという祖母らの反対を押し切って、母は私を台所に立たせた。まずはご飯の炊《た》き方を。母は最初から、炊飯器ではなく鍋《なべ》を使った炊き方を教えた。何でも道具に頼るのではなく、なるべく少ない持ち物で工夫するように。

ご飯がうまく炊けるようになって、次に母が私に教えたのは、おみそ汁の作り方だった。ただ、おみそ汁の方は、ご飯ほど単純ではない。私は何度も失敗し、やり直しをさせられ、うまくできない自分自身に苛立《いらだ》って、癇癪《かんしゃく》を起した。それでも母は、私をその場で甘やかすようなことはしなかった。顆粒《かりゅう》のインスタントだしを使えば、幼稚園児でも少しは簡単にできただろうに、母はそういう便利な物を使おうなんて、つゆほども思わなかったらしい。自分自身が、病に冒されてからというもの、玄米菜食にこだわっていた。父や私を自分と同じ病気にしたくない、そんな妻心や母心が働いていたのかもしれない。

まず、煮干しの扱いが難しかった。頭を取って、内臓の黒い部分も外して、身を二つに裂くというのだが、それがどうしてもうまくできない。私は昔から、手先がもたつく子どもだった。ようやく煮干しの扱いができるようになっても、それを鍋に入れて乾煎《からい》りするという作業がまた難しい。見た目が変わらないので、その頃合いがよくわからない。煎りが浅すぎてもいけないし、深すぎてもいけない。母の考え方の根底には、料理は五感で覚えるもの、という意識があったのだろう。今ではもう母の香りを思い出すことはないけれど、母が教え込んだ煮干しを煎る時のいい塩梅《あんばい》の香りは、しっかりと記憶のひだに挟まれている。その後、鍋にお椀《わん》で一杯ずつ人数分の水を入れる。じゃっ、と弾《はじ》ける水の音を私が怖がらないよう、母はいつも、その時だけは手を繋《つな》いで鍋の前に立ってくれた。

前の晩にここまでの作業を済ませておき、翌朝再び鍋を火にかけてダシを引くのが、母のやり方だった。一連の作業を覚えるのに、一年くらいかかったのだろうか。幼稚園の年長組になる頃には、私はなんとか一人でおみそ汁を作れるようになっていた。

特訓が終わると、母はとたんに優しくなる。幼稚園児というと、もう親とべったりする時期ではないのかもしれない。けれど、私はその年頃になっても、母の体にまとわりつくのが好きだった。特訓での厳しさを埋め合わせるように、それ以外の時間は、母も私を思う存分に甘えさせてくれた。ことさら、私は母の乳房が好きだった。そこに、母を苦しめ死を近づけていた病魔があるとも知らず。母の胸元に頭をのせて、出来立てのオムレツのように柔らかいふわふわとした感触を楽しんでいた。そんな母と娘の姿を、父はよくカメラを構えて写真に収めていたものだ。もしかしたら、ファインダーをのぞき込む父の瞳《ひとみ》が、涙で濡《ぬ》れていたことも知らず。きっと、病に冒された母の体に、体当たりする娘の力はあり余るものがあっただろう。

ある日、私は母と二人でお風呂《ふろ》に入っていた。普段は家族三人で入っていたのだが、その日は父が残業だったのか、二人きりだった。私は、いつものように母の乳房を頬に当てたりしながら何気なく遊んでいた。すると、母はおもむろに自分の乳首を指先でつまみ、力を込めて絞り始めた。

「こーちゃん、お母さん、まだちょっと、おっぱいが出るのよ」

斜め下の角度から覗《のぞ》き込む母の顔は、自慢するようだった。確かに、よく見ると母の乳首の先からじんわりと白いものがにじみ出ていた。すると、

「飲んでみる?」

そう母が言って、私の口元にいきなり乳首を突き出したのだ。一瞬、私の心臓と、私と母を取り巻く時間のすべてが凍りついたような気がした。どうしてよいのかわからなかった。赤ちゃんがお母さんのおっぱいを吸うのは知っているし、見たこと

もある。でも、自分の年になってもまだお母さんのおっぱいを口に含むというのは、子どもながらに抵抗があった。けれど、その時の母の真剣な眼差《まなざ》しに、気《け》おされたのだ。目の前のこの人は、必死で私に頼んでいる。そう思った。だから、嫌だとは言えなかった。

私はそっと、母の乳首を口に含んだ。あの時、母は何を思っていたのだろう。母の胸元に二つの膨らみが残っていたということは、母は病が発見された時も、切り取るという選択をしなかったということだ。もし母が切り取る選択をしていたら、母はもっと長く生きることができたのだろうか。父と共に生き、老いて、父を看取《みと》ることとさえありえたのだろうか。けれど、そうしたら私は、この世に誕生することもなかったのだろうか。

数秒後、ふと恥かしくなって顔を上げると、母がしっとりとした目で私のことを見つめていた。あの時の私がもう少し大人だったら、もっと母を慰めることができたかもしれないのに。当時の私はあまりにも幼く、頼りがいのない存在だった。

日に日に満開へと近づく桜の木を見ていたら、次々と母のことを思い出した。私が生まれたことを記念して、両親が庭に植えたのだ。その桜も、今では立派な枝葉を広げている。

いつの間にか、私にとっての母は、この桜の木になっていた。お母さん、と呼びかけ学校での出来事などを報告するのは、額縁の中の母の写真よりむしろ、この黒々とした幹や、葉を茂らせ風にしなる枝の方が多かった。私は二十代半ばの若さで、すでに母の享年《きょうねん》をこえ、これからはどんどん母が年下になっていく。

私がお嫁に行ったら、父はこの家で一人になる。大切な人を残していかなければいけない不安は、母が二十数年前に味わった苦しさと、ほんの少し重なるかもしれない。母がいなくなって、私はずっと父と二人だけで暮らしてきた。

片親だというのに私がそれほどまでに淋《さび》しさを感じず、思春期の頃も大きく道を踏み外すことなく、わりとまっすぐに成長できたのは、父のおかげだ。公務員だった父は、それなりに男としての欲望もあっただろうに、出世するのをあきらめ、毎日定時に帰ってきては、私のためにたくさんの時間を費やしてくれた。母の日の授業参観でも堂々と胸を張って来てくれたし、運動会の時は盛大なお弁当を作って駆けつけてくれた。休みの日は、遊園地や温泉にも連れて行ってくれた。クリスマスには、ありとあらゆる手を使って、サンタクロースを演じてくれた。ある年など、本当に家の床にサンタクロースの足跡が残されていて、私は今でも、半分は本気で、サンタクロースの存在を信じている。表面上、とりわけ仲がいいということはなかったけれど、私は父を信頼し、父も私を信じていた。

だから、本気で好きな人ができてその人と結婚すると決まった時、なんだか急に自分が父を裏切るような、見捨てるような、そんな後ろめたい気持ちになってしまったのだ。もちろん、当の本人には口が裂けても言えないし、父も父で、ようやく一人娘が片付いて再婚できるなどとうそぶいている。けれど、いまだに母が着ていた普段着のTシャツさえ処分できずにいる一途《いちず》な父が、決してそんなことはできないのだと、娘の私は十分すぎるくらいわかっている。

「お母さん」

気が付いたら、桜の木に向かって本当に声を出して呼びかけていた。空を包む闇《やみ》は、いよいよ濃くなっている。今夜は、私が子どもの頃からよく行った、父行きつけの小料理屋でおでんを食べてきたのだった。本当は、嫁入り前に父と食べる最後の夕飯なのだから、父の好物などを張り切って作りたかった。おみそ汁の作り方だって、今のうちに父に伝えておかなくてはいけない。しかも今夜は父の知り合いまで一緒だったから、肝心なことは何一つ父に言えなかった。私の結婚が決まって以来、父は微妙に私と向き合うのを避けている。

私は、すっかり自分よりも大きくなった桜の木を見上げ、今度は心の中でそっと静かにつぶやいた。

私、お嫁に行くよ。明日、結婚するの。だから、この家、出なくちゃいけないの。お父さん、一人になっちゃうけど、大丈夫かなぁ？　お母さん、お父さんのこと、しっかり守ってあげてね。

桜の木が、頷《うなず》くようにゆったりと風に揺れている。

「呼春」

ぼんやりと桜の木を見上げていたら、父が私を呼びに来た。

「風呂、沸いたぞー」

小料理屋で熱燗《あつかん》を二本も飲んだせいか、父はちょっとばかり上機嫌だ。

「お父さん、せっかくだから、嫁入り前の娘と、一緒に入ってみる？」

するっと、そんな言葉が出た。私も、少し酔っているのかもしれない。

「ばっきゃろぉ」

父の言葉に、

「冗談だよーん」

私も語尾を伸ばして言い返す。こんなふうに、深刻なことも丸ごと全部笑いに包んで、母のいなくなったこの家で、父と二人どんな修羅場もやり過ごしてきたのだ。

入浴後、台所に立って明日のおみそ汁の準備をする。

もう、専用の椅子《いす》なんかいらない。煮干しの頭だって、目をつぶったままでも上手に取れる。熱した鍋に水を入れるのだってへっちゃらだし、水の量は相変わらずお椀三つ分と決まっている。

こーちゃんがお嫁に行くまで、毎日、お父さんにおみそ汁を作ってあげてね。

いつだったか、母の言った言葉がひゅうっとつむじ風みたいに甦《よみがえ》った。初めて、母の手を一切かりずに自力でご飯とおみそ汁の支度ができた時、小さな指を不器用にからめて、母と約束したのだった。

お母さん。

私はまた、心の中で母を呼ぶ。

私、ちゃんと約束を守ったよ。毎朝、欠かさずにお父さんのおみそ汁、作ったよ。

翌朝、前の晩に仕込んでおいた煮干しから、うっすらとダシが滲み出てほんのり魚の香りが漂っていた。父が起き出してくる時刻に合わせ、おみそ汁の準備を整える。味噌《みそ》を入れたら絶対に煮立たせないこと。必ず煮えばなをお椀によそうこと。母の教えは、私のこの体に刻まれている。

ボウルの中で卵をかき混ぜていると、洗面を終えた父が居間にやってきた。

「おはよう」

私と母、両方に言ったように聞こえるいつも通りの父の声に、

「おはよう」

私もまた、同じように返事をする。

「いい天気でよかったな」

素面《しらふ》の父は、顔を隠すようにすぐに新聞を広げて読み始めた。これが、嫁入り前、最後に作るおみそ汁だ。ご飯は自分で炊《た》いたりもするくせに、なぜかおみそ汁だけは、決して自分では作ろうとしない。

卵の中に水で溶いた片栗粉《かたくりこ》を入れ、更によく混ぜ合わせた。これを、菜箸《さいばし》に伝わ

らせるようにして汁の中に落とす。すぐに卵は、ふわりと雲のように固まって表面に浮かぶ。一度火を止めてから、慌《あわ》てて庭先に駆け出し、数枚の三つ葉をつんできた。さっと水洗いし、そのままおみそ汁の中へ放つ。父と私、そして母と三人分のお椀に分けてよそい、急いで食卓へと運ぶ。ご飯をよそうのは、父の役目だ。母の仏壇の前に、真っ白な湯気を立てるご飯とおみそ汁が並んでいる。いつも通りの、見慣れた朝の光景である。

「いただきます」

父と向かい合い、朝ご飯を食べ始めた。どこからか鳥がやって来て、桜の木の枝に止まっている。時々、私達の沈黙を緩和するように、美しい声でさえずった。父は、たまに新聞の見出しに目を落としながら、黙々と朝ご飯を食べている。

今、言わなければ。あと数時間したら、私は家を出なくてはならない。朝ご飯が済んだら、後片付けもある。家を出る前に、軽く掃除も済ませておきたい。もう、今しか父と向き合うチャンスがない。

「お父さん」

左手にご飯茶碗《ぢゃわん》、右手に箸を持ったまま、中途半端《はんぱ》な格好で父を呼んだ。けれど、

その先の言葉を、まだきちんと準備していなかった。その隙《すき》を突くように、

「呼春のおみそ汁はうまいなぁ」

父がしみじみと声を出す。私はもうそれだけで、胸がいっぱいいっぱいだった。

「最初に作ってくれたおみそ汁も、かきたま汁だったね。秋子が、喜んでた」

「覚えてたの？」

そう、二十年ほど前、私が初めて最初から最後まで一人で作れたのが、かきたま汁だったのだ。

「そりゃ、忘れないさ。一人娘が、初めて作ったおみそ汁なんだから」

父が、そっと箸を元に戻す。

「でも、どうしておみそ汁だったのかしら」

私も、箸と茶碗をテーブルに置いた。このことは、長年の素朴な疑問だった。ただ、なんとなく、父と母のプライベートな領域に踏み入るようで、父に聞けなかったのだ。母は、とにかくおみそ汁にこだわった。他のものはさておき、おみそ汁だけは毎朝必ずお父さんに食べさせてと、指切りげんまんした後もたびたび念を押されていた。

「それは、あれだよ」

父は少し表情を緩め、甘酸《あまず》っぱい顔をした。母の思い出を語る時、父はよくそういう表情をする。

「お父さんが、毎日みそ汁を作ってくれって、そう言って秋子にプロポーズしたからじゃないか」

言いながら父は、急に顔を赤らめた。母のことは何でも話してくれる父だが、それは初めて聞く内容だった。

「それでお母さん、なんて答えたの？」

父を問い詰めるように尋ねると、

「そりゃあ、はい、って言ったさ。毎日、おみそ汁作りますから、あなたのお嫁さんにしてください、って」

「えー、お母さんが、本当にそう言ったの？」

私が乗り出すようにして父に問いただすと、

「確かにそう言った」

父はその時の空気を全部思い出したような表情で、しんみりと答えた。

「そっか、だからお母さん、絶対に別の人には、お父さんのおみそ汁、作らせたくなかったんだね」

　あの時の母の厳しさを、私は一人の女性として、なんとなくかわいらしく思った。そんなふうに母を感じたのは、初めてだ。

「負けず嫌いな人だったから。本当はすごく、悔しかったと思う。私が死んだらさっさと再婚してほしいなんて口では言っていたけど、内心、絶対に嫌だったと思うよ。だから娘に」

　そこまで喋《しゃべ》ると、父は突然声を詰まらせた。いつの間にか、父も体の向きを変え、庭の桜の木を見つめている。

「お父さん」

　私は父の横顔にそっと呼びかけた。

「今まで、育ててくれて、どうもありがとう」

　窓から朝日が差し込んで、それはそれは清らかな眺めだった。でも、私がずっと言いたかったのは、この言葉ではない。

「ごめんなさい」

今度は、はっきりと声にした。意味をはかりかねたのか、父が私の方を向いた。けれど私は陽だまりの中の桜の木をじっと見たまま、

「本当に、ごめんね」

もう一度謝った。

「なんだ、お前もしかして、妊娠してんのか？　そんなの、もうお父さん、驚かないぞ。孫を抱くのは、早い方がいい。どんどん作って、繁栄しろ」

父なりに、精いっぱい場を盛り上げたつもりだろうが、そうじゃない。私は父のペースに飲み込まれないよう、そっと目を閉じて言葉を続けた。

「だって、お母さん、私を産まなかったら、もっとお父さんのそばに、長くいられたかもしれないじゃない」

最近、やけに気になって、母を襲った病魔に関する本を、たくさん読んでいる。その中に、癌《がん》患者が妊娠し、出産するのは、自殺行為だと書いてある一冊があった。病魔と闘いながら、自分の命と引き換えにするようにして産み落とされたのが、この私なのだ。

「何言ってるんだ」

その柔らかい声に驚いてふと目を開けると、父が穏やかに微笑《ほほえ》んでいた。

「確かに、出産したことで、秋子は体力を落としたかもしれない。でも、呼春が生まれて再発するまでの数年間は、本当に僕達夫婦にとっては、天国だったんだ。その時に、人生のすべての喜びを、思う存分、味わったんだ。それに、もしこーちゃんがいなかったら、お父さんは一人で淋《さび》しくて、耐えられなかったよ。だから、すべてはなるようになってるんだと思う」

久しぶりに父からこーちゃんと呼ばれ、耳の底がくすぐったくなる。そして私は、おそるおそる質問した。聞きたくて、ずっと聞けなかったことを。

「じゃあ、お父さんは、私が生まれてきたこと、恨んでない？」

「あったり前だろう」

その瞬間、父は本当におかしそうに笑いだした。私の言葉が、冗談みたいに聞こえたらしい。私はいたって本気なのに。

「呼春の中に、秋子はちゃーんと生きている。全く淋しくないって言ったら嘘《うそ》になるけど。このおみそ汁の中にだって、秋子がいるんだ」

父はからっぽのお椀《わん》に目を落としながら、しんみりと言った。それから不意に体の向きを変え、そそくさと指先で目じりに触れた。私も慌てて涙を拭《ぬぐ》った。その時、ふわりと大きな風が吹いて、弾《はじ》けるように視界が淡いピンク色に染まった。桜の花びらが舞い上がったのだ。

「お父さん、もう明日からは、自分でおみそ汁を作るんだよ、ちゃんと、お母さんの分も作ってあげてね」

伝えなくてはと思っていた最後のひとことを、父に伝えて立ち上がる。家を出る前に、やらなきゃいけないことがたくさんある。感傷に浸っている場合ではない。

「ますます秋子に似てきたなぁ」

読みかけの新聞を広げながら、父がぽつりとつぶやいた。

いとしのハートコロリット

ショー造さん、出かけましょう。

本日は私達の記念日ですからね。ちょっぴりおめかしをして、思い出のパーラーに行きますよ。いつもの特等席を予約してありますの。だからショー造さん、早く。ネクタイ、ちゃんとまっすぐに結んでありますか？　堂々と胸を張って歩きますよ。

それにしてもショー造さん、随分お腰が曲がってしまって。でも今日くらいは、背筋を伸ばして、しゃんと前を向いて歩いてください。さぁ、もうすぐですから、がんばって。転ばないようにね。坂を下りたら、パーラーは近いですから。せっかくですので、腕を組んで歩きましょうか。ショー造さん、そんなに恥ずかしがらないでください。昔はよく、こうやって一緒に歩いていたじゃありませんか。

いいお天気ですこと。こういう空、日本語でなんて言ったかしら？　えーっと、えーっと、そうそう五月晴《さつきば》れ。外国での暮らしが長かったから、最近、うまく日本語を思い出せなくなってしまったんです。若い頃は、海のそばのきれいな町に暮らしていましたね。ショー造さんは、新進気鋭の水彩画家で、私は時間ができると、地元の子ども達に踊りを教えたりして。楽しかったですね。わぁ、懐《なつ》かしい。私もショー造さんも、今よりとっても若かった。

でもね、本当のこと言うと、ショー造さん、私のことも、誰だかわかっていないのよね。名前ももう、思い出せないんでしょう。そういう私だって、ショー造さんのショーの字がどんなだったか、うまく思い出せないんですから、おあいこね。ショー造さんったら、滅多に自分から言葉を話すこともなくなっちゃって、こうして一方的に私から話しかけるだけになってしまったの。でも、突然正気を取り戻したようなことを言い出したりもするから、びっくりするんです。

可哀想《かわいそう》に、ヨチヨチとゼンマイで動くオモチャみたいにしか歩けなくなってしまって。だから私も、ヨチヨチと、ゼンマイで動くオモチャみたいに歩くんです。急いで行く所なんてありませんしね。でもショー造さん、今日はパーラーの特等席を予約してますからね、なるべく時間には遅れないように行きましょうね。ボーイさん達、皆さん首を長くしてお待ちかねですよ。

やっと着きました。こんなに時間がかかるんだったら、やっぱり車を頼んだ方がよかったかしら。でも、おなかがすいた分、たくさん食べられます。

改装したとは聞いてましたけど、これまた随分現代風になさったものね。でも、やっぱりまだかつての面影が残されているかしら。昔はね、それはそれは美しい、木造二階建ての吹き抜けのある建物でした。外は真っ白い壁で、かわいらしいバルコニーなんかもあって。モダンな佇《たたず》まいだったんです。中に入ると、二階にオーケストラボックスがあって、生演奏を聴かせてくださるの。私、それが毎回楽しみで。天井からは、大きなシャンデリアが下がっていましたっけ。本当に懐かしいわ。ところで私達、いったい何回くらい、ここでお食事をしたかしら？　数え切れないほど、たくさんね。だって、知り合ったのも、このパーラーでしたから。

あら、いつからこのパーラーは女の子も働くようになったの？　昔は、ボーイさんだけだったのに。二枚目の若いボーイさん見たさに、私、よく通っていたわ。その時、画学生だったショー造さんに見初められて。ショー造さん、ウブだったから、ボーイさんに手紙を託してくださったのよね。え？　ショー造さん、覚えていらっしゃらないんですか？　私は、昨日のことのように覚えていますわよ。だけど、エリート一家の前途有望な画家の卵が、あろうことか新橋の芸者に想《おも》いを寄せるなんて……。ショー造さんのお母上や姉様方に、親戚《しんせき》総出で猛反対されました。でもね、私、一歩もひるみませんでしたの。新橋芸者の名にかけて。それに私も、ショー造さんのこと好いてましたから。負けてたまるか、って、ショー造さんとともに闘ったんです。

「お昼に予約しております、小林ですよ」

エレベーターで上の階に上がってから、私は、ウェイトレスに言いました。この方、なんて短い丈のスカートをはいていらっしゃるんでしょう。こんな格好していたら、体が冷えて赤ん坊が産めなくなってしまいますのに。まぁ、そういう私だって、子宝には恵まれませんでしたけど。私の心が読めたのかしら。うら若きウェイトレスが、なんだかきょとんとして私とショー造さんを、交互に見つめています。口が開いちゃって、そのままだと、口の中に虫が入ってしまいますから、早くお閉めなさいな。

今まで、こんな間違いはあったことがないんですけどね、誰にでも間違いはありますから、仕方ないことです。すぐに席を用意してくれましたから、良しとしましょう。

ショー造さんは、ビールになさる？　それとも、記念日ですから、シャンペンでも頼みましょうか？　そうですね、せっかくですから、二人でシャンペンをいただきましょう。

「シャンペンを、グラスで二つお願い」

歩いているボーイを呼び止めて、注文しました。

昔話ばっかりすると嫌がられますけどね、ボーイも、かつてはこちらから声なんかかけなくても、ちょっとした動作や視線を感じて、飛んできてくれたものですよ。皆さん髪の毛を短くされていて。金ボタンのついた純白の詰め襟の上着に、黒いズボンの制服が、かっこよかったわ。求人広告に、「美男子求ム」なんて書いてあったくらいですからね、今でいう、ジャニーズってところかしら。

ショー造さん、シャンペンがきましたよ。まぁ、きれい。さぁさぁ、乾杯しましょう。え？　なんの記念日かって？　えーっと、それは……。ショー造さんのお誕生日だったかしら？　それとも、結婚記念日かしら？　とにかく、おめでたい日には違いありません。

「乾杯！」

うれしくて、つい大きな声をあげてしまいました。皆さん、私達の方をちらちらご覧になってます。でも昔から、人々の視線を集めることには慣れておりますから、平気ですの。

さてと、ショー造さんは何になさる？

そういえばショー造さん、一度ここで、ほら。あれは、ショー造さんの退院祝いの時だったのよね。この近くの病院にショー造さんが入院して、その帰りにカレーが食べたいって言い出して。私、普通のカレーライスかと思っていましたら、お値段を見てたまげちゃった。だって、カレー一皿に一万円ですよ、一万円。思わず、目がお月様みたいにまん丸くなってしまったのを覚えていますわ。

慌《あわ》ててボーイを呼んでたずねたら、伊勢《いせ》エビとアワビがそれぞれ丸ごと入っているっておっしゃって。ショー造さん、伊勢エビもアワビも大好物ですからね。入院費や手術代を払った後で、正直なところお財布は淋《さび》しかったのですけど、清水《きよみず》の舞台から飛び降りるような心境で、その一万円もするカレー、注文しました。手術が成功して、無事に退院できたお祝いですもの。さすがに私が二つ頼んだら、今度はショー造さんが、目をお月様みたいにまん丸にして。でも、それはそうでしょう。私だって、一生に一度くらい、一万円のカレーを食べてみたいじゃありませんか。ショー造さん、あの時のカレーのお味は、覚えていますか？　私はね、ふふふ、もうすっかり忘れてしまいました。ここだけの話ですけど。

「ご注文、お決まりですかー」

あらまぁ、このボーイったら、なんてだらしのない日本語をお話しになりますの。でもまぁ、時代の流れですから、いたしかたないのかしら。

私が無言で問いかけますと、ショー造さんは、いつものがいいと目で答えます。

「では、主人にはチキンライスと、ポタージュスープね」

私は、不埒《ふらち》な日本語を話すボーイを見上げて注文しました。それから、自分のを注文しようとして、ふと、言葉が途切れます。

えーっと、えーっと、あれはなんて言ったかしら？

細かくした子牛肉を煮込んで、ホワイトソースと混ぜてからカリッと揚げたものなんだけど。姿形はちゃんと思い出せるのに、どうして名前だけが出てこないの？　えーっと、えーっと。何でしたっけ？　ちょっと覚えづらい、ハイカラな名前なんですの。

私が、窮地に陥ってしまったその時です。

「ハートコロリット」

ふだん滅多に口を開かないショー造さんが、クイズの解答を示すような鮮やかさで、私に教えてくれたのです。

「あ、そうそう、ハートよね、ハート。ハートコロリット、それにライスをつけてお願いします」

私ははっきりとした声で申し上げました。

「はぁ？」

不埒な日本語を話すボーイが、顔をしかめます。

「ハートコロリット？　ちょっと、わかんないんすけどー」

私はとたんに気持ちが萎《な》え、しゅんとしてしまいました。

「メニュー見て、選んでもらえますかー？」

今まで、こんなことなど一度もなかったのに。どうしてあのボーイがいないのでしょう。だいたいこのパーラーは、常連にはいつも同じボーイが給仕につくことになっていたのに。

幸い、メニューをめくるうちに、ハートコロリットが出てまいりました。書いてある文字は、もう小さくて判読できませんが、写真は確かにあのハートコロリットです。

ほら、ちゃーんとここに載っているではありませんか。私は、自信満々に、ボーイを見上げて指さしました。

どうやらハートコロリットは、コロッケなんとかという名称に変わったようでした。私がこんなにもドキドキしているというのに、ショー造さんは、どこ吹く風でぼんやりと外の景色を眺めています。ここから見える風景も、だいぶ様変わりいたしました。私はなんとなく昔の方が風情《ふぜい》があっていいように思いますが、これも時代の流れですから。私は、甘い味のシャンペンを、ごくごくと一気に喉《のど》の奥へと流し込みました。

料理が運ばれてくるまでの間、ショー造さんと思い出話をして楽しみます。と言っても、ショー造さんは話してくれないので、私が一方的に話すだけですけど。私、このパーラーが本当に大好きなんです。昔はこの近くに稽古場《けいこば》があって、そこで踊りのお稽古をしてから築地《つきじ》に戻ったの。その帰りにここに寄り道して、ソーダ水ばっかり飲んでました。ソーダ水は酔い醒《ざ》ましに効くっていう噂《うわさ》があって、それで新橋の芸者衆は、みんな競うように飲んでましたのね。私は正直、お酒よりもソーダ水の方が好きでした。ですから私、それまでソーダ水以外の注文などしたことがなかったんです。

だから、ショー造さんと正式にここでお見合いすることになった時、初めてハートコロリットを食べましたの。驚きました。世の中に、こーんなにも儚《はかな》くて優雅な食べ物があったのか、って。あぁ、本当に懐かしいわ。それで、結婚してからだったと思いますけど、駄洒落《だじゃれ》の好きなショー造さんが、お前のハートがコロリット、とかなんとか言って笑わせてくれたのね。だって、あの時にハートコロリットをいただいた瞬間、私、ショー造さんに恋をしてしまったんですもの。それからすぐに、お付き合いが始まって。あの頃はお互い情熱的でした。

ショー造さん、初夜のことは覚えていらっしゃる？　もう何十年前になるかしら？　そんなに恥ずかしがらないでくださいよ。最近になって、私ね、あの夜のことを、よく思い出すんです。ショー造さんが着ていた服の模様や、ショー造さんの表情や、その前に食べた食事のことや、ショー造さんの仕草なんかをね。あらやだ、ショー造さんが照れるから、私まで恥ずかしくなってきちゃったじゃありませんか。

「お待たせしましたー」

いきなり大声で話しかけられてびっくりしましたけど、ほら、ショー造さんのお好きなチキンライスとポタージュスープが来ましたよ。でも、チキンライスったら、ただただ無造作に盛りつけられてあるだけなのです。

「桜の型で抜いてくださったはずでは……」

ショー造さんはそれが楽しみなので、遠慮がちに申しましたところ、

「店長！　店長！」

ボーイが、怪訝《けげん》そうな顔でどこかに行ってしまいました。かつては、きっちりと美しくかたどられてあったのに。やがて、私の頼んだハートコロリットも運ばれてきました。

これですよ、これ。私、このパーラーの中で、このメニューが一番好きなんです。

ショー造さんがナプキンをかけようとしないので、私は椅子《いす》から立ち上がり、ショー造さんの襟元に白いナプキンをかけました。それでもショー造さんは、スープにもチキンライスにも手をつけませんので、私がいつものように、ポタージュスープをスプーンですくって、ショー造さんの口に運びます。ショー造さんは、おいしそうな表情を浮かべながら窓の向こうの空を見ました。そうそう、ゆっくりでいいから、よく噛《か》んで食べてくださいな。チキンライスも、ここの店のは格別なんですから。

ショー造さんに一通り食べてもらってから、ようやく私も自分のハートコロリットをいただきます。この、ずっしりと重たい銀製のフォークとナイフが、より一層食欲を刺激してくれるんです。

あぁ幸せ。ショー造さんと二人、こうしておいしい物をいただく時が、一番幸せです。そんなふうにうっとりと味わう私の姿を、ショー造さんがうれしそうに眺めています。ショー造さんが、少しもシャンペンを飲んでいないので、私は自分の空になったシャンペングラスとショー造さんのグラスを入れ替えました。ショー造さんったら、私を酔わせてどうするおつもりかしら？

ようやくおなかも落ちついたし、ショー造さん、デザートはどうなさいますか？私は、いつもの、小さい器に入ったパフェが食べとうございます。ショー造さんも食べるかどうかたずねましたが、はっきりとした返事がありません。いらないという意思表示だと思い、ショー造さんにはコーヒーを選びます。ショー造さんは、大のコーヒー党ですから。

元気な頃は、毎朝、食後にコーヒーをいれてくれるのが日課でした。ショー造さんが丁寧にいれると、まるで味が違うんです。せっかちな私がやるといい豆も台無しになるって、よくショー造さんに叱《しか》られましたっけ。ショー造さんのいれてくれたコーヒーを飲みながら、二人でレコードを聴いていましたね。

「えーっとね、ほら、小さい器に入ったパフェ、ございますでしょ。あれをお一つと、それから主人にはコーヒーをお願い」

横柄《おうへい》なボーイの態度に気《け》おされながらも、私はデザートの注文をいたしました。ようやく滞りなく注文ができたことに、安堵《あんど》します。

コーヒーは、すぐに運ばれてきました。なんだか香りがしないのが気になりますが、もしかしたら私の鼻が詰まっているせいかもしれません。ショー造さん、コーヒーがきましたよ。そう囁《ささや》きながら、テーブルに置かれたショー造さんの手のひらに、そっと自分の手のひらを重ねます。ショー造さんのお手々は、いつもあったかくて気持ちいいの。

しばらく口をつぐんだままショー造さんとの時間を楽しんでおりますと、私の注文したパフェも運ばれてまいりました。思っていたのより大きくて品のない器に入っているのは、やっぱり気のせいかしら。ウェイトレスが、無愛想にパフェを置きます。気を取り直して、スプーンを持ち上げた時のことです。

「おかあさん！」

みだらな格好をした中年女性が、パーラーの中に乱入してきました。すっかり取り乱した鬼のような形相に、辺りが騒然となります。

「おかあさん！」

女は、更に大声で叫びました。そして、あろうことか私とショー造さんのいるテーブルの方を目指して、近寄ってきたのです。危ない、ショー造さんの身を守らなくては。私は咄嗟《とっさ》に立ち上がり、ショー造さんの方へ身を寄せました。

「こんな所で、何をなさっているんですか!?」

甲高い耳障《みみざわ》りな声で、容赦なく怒鳴ります。でもきっとこの方、頭がちょっとおかしくなってしまったのね。まだお若いのに、お気の毒なこと。

私は、相手の女の神経を逆撫《さかな》でしないよう、冷静に言いました。

「申し訳ございませんが、私どもに子はおりません。それゆえ、そちら様のお人違いかと……」

私は、いまだかつて一度も、おかあさんなどと呼ばれたことがないのです。失礼のないよう、言葉を選んだつもりです。けれど、女はますます声を張り上げて、こう続けたのです。

「私は、あなたとショー造おじいさまの間にできた子ども、隆造さんの嫁です！しかも、こんなファミレスにお一人で来て、何をなさっているんですかっ。食べられもしないのに、何品も頼んで……」

一人とは、聞き捨てなりません。つい頭にきてしまい、私も言い返してやりました。

「本日は、私とショー造さんの記念日ですから、なじみのパーラーでお食事をいただいているだけのことです。どこのどなたか存じ上げませんが、私達の邪魔をするのは、許しませんよ。なんて、はしたない！」

女は今にも泡を吹き出しそうな表情を浮かべて、私を射るように睨《にら》みつけます。そしてもう一度、おかあさん、と言いました。

「私のことは、忘れていただいて結構です。けれど、あなたがおなかを痛めて産んだ息子や、かわいがっていた孫のことは、どうか……」

そこまで言うと、女は顔をくちゃくちゃに歪《ゆが》めて泣き出しました。私、この女が本当に気の毒になってしまいました。それなのに、女は不謹慎にもこう続けたのです。

「おかあさん、つい先日ショー造おじいさまの十三回忌を済ませたこと、もうお忘れになってしまったのですね」

いったい、この女は何を言っているんでしょう。ショー造さんは、ほら、ここにちゃんと座っているじゃありませんか。それなのに、なぜだか、私の目からあつい物が落ちてきました。ぽたり、ぽたりと、テーブルクロスを濡《ぬ》らしていきます。この心模様を、どこかで知っていると思いました。けれど、やっぱり言葉が思い出せないのです。最初に、「か」がつく気持ちだったような気はするのですけど。か、か、かかかか。あぁ、やっぱり思い出せない。

もう行きましょう、ショー造さん。

私は、ショー造さんの手を引き、そのままパーラーの外に出ました。相変わらず、いいお天気です。

ショー造さん、出かけましょうね。本日は私達の記念日ですから。いつもよりちょっぴりおめかしをして、思い出のパーラーでお食事をしましょう。

ポルクの晩餐《ばんさん》

「心中でもするか」

横で寝ているポルクの耳に、息を吹きかけるようにささやいた。考え抜いた末の結論だ。俺にはもう、この世界で生きていく術《すべ》がなくなった。未練もない。

「どうせなら、思いっきりロマンティックに死なせてよ」

軽い戯言《ざれごと》だと勘違いしたのだろう。ポルクは、黒目がちの小さな目を光らせた。ポルクの体は、常にローションを塗ったようにしっとりと湿っている。

俺は、高層マンションの一室で、豚を飼って暮らしている。名はポルク。フランス語で、豚肉という意味だ。正式な発音はポーに近いが、ポーよりもポルクの方が威厳がある。ポルクは男で、俺の愛人だ。俺には、別宅に妻と娘がいる。

「なら、パリに行って死ぬか」

ふと思いついてそう言うと、ポルクはマシュマロのようにふわふわとした体を、ぴたっと俺の上半身に押し当てた。弾みで俺は、ポルクの肉に埋もれて窒息しそうになる。この瞬間が堪《たま》らない。快楽とは、痛みや苦しみの中にさす、一条の甘美な光のようなものをいうのだろう。

「パリって、ダーリンの故郷よね？」

ポルクは尚《なお》も恍惚《こうこつ》とした瞳《ひとみ》で俺を見つめる。故郷か。生まれた場所をそう呼ぶなら、確かにパリは俺の故郷だ。

一週間後、俺はポルクを連れてパリ行きの飛行機に乗った。いよいよ、パリ心中が現実味をおびてきた。さほど美味《うま》くもない機内食を、ポルクはむさぼるように食べていた。そして、すぐに寝入った。比喩《ひゆ》ではなく、ポルクの人生は、本当に、寝るか食うかのどちらかだ。

「うわぁ、本当にダーリンとパリに来ちゃった」

殺風景な空港を、ポルクは窓に顔を寄せて眺めている。あんまり窓に近づくものだから、ポルクの熱い息で表面が曇る。海外は一度、田舎のばぁちゃんを連れてアラスカにオーロラを見に行っただけだと言っていた。祖母にとっては、こんな奴《やつ》でもかわいい孫なのだろう。俺には、そういう家族的な感覚がわからない。実の両親とは、価値観の違いから、とうの昔に音信不通となっている。

荷物を預けなかった分、すぐに空港の外に出られた。心中なのだから、荷物は少ない。これから、死に場所を探しに行くのだ。どうやって死ぬかはまだ決めかねているが、ポルクが言ったロマンティックな死というやつを、なるべく実現してやりたいと思っている。

タクシーがホテルに着くと、十八時をほんの少し過ぎていた。初夏のパリは、夕方でも真昼のように太陽が高い。夕暮れまで、まだ随分時間がありそうだ。

歴史のある五つ星ホテルを、ポルクはえらく気に入ったらしい。部屋に入るなり、ベッドに倒れ込んで弾んでいる。俺はこういう辛気臭いホテルは趣味ではないが、人生の最後の時を過ごすのには悪くない。

「マリー・アントワネットになった気分だわ」

ベッドに寝転がり、ポルクは鼻を膨らませた。あながち、その表現は間違っていない。

さすがに、到着後すぐに死なすのは忍びないと、さっきタクシーの中で、知り合いのやっているレストランに電話をかけて予約を取った。とりあえず、この部屋は三日間おさえている。その間に、死を決行するつもりだ。レストランに出かける前に、軽くシャワーを浴びることにした。

俺がバスルームから出ても、ポルクはまだ同じ格好でベッドの上に突っ伏している。声をかけながら顔をのぞき込むと、寝ていると思ったのに、目を潤《うる》ませていた。実際の豚も、死ぬ間際《まぎわ》に涙を流すのがいるという。

「怖いなら俺だけ死ぬから、ポルクは日本に帰ればいい」

俺は、ポルクの脂《あぶら》ののった背中をゆっくりと撫《な》でた。本当に、ポルクが嫌なら無理に一緒に死ぬことはない。

「そうじゃないの」

ポルクは、涙をためた豚の目で必死に訴えてくる。

「うれしいの。だって、ダーリンと一緒に、花の都パリに来られたなんて、最高に幸せだもの。だから田舎のばぁちゃんに、自慢したくなっちゃっただけ。今もまだ、夢を見ているみたいだわ」

「そうか。でもとりあえず、シャワーを浴びろ。俺には香水でも、お前のその体臭は、万人の鼻を辟易《へきえき》させる」

ポルクはようやく起き上がった。

俺の方こそ、夢を見ている気分だ。俺も、さっきまでポルクがうつ伏せで寝ていた場所に、体を置いた。どく、どく、と心臓の音がうるさいくらいに響いてくる。

レストランでの食事は、ブロッコリーのポタージュで開幕した。

小さな器の表面を、森を凝縮したようなブロッコリーの細かい花が覆《おお》いつくしている。案の定、ポルクのお気に召したらしい。

「最後の食事としては、申し分ない内容だろ」

ポルクは、器に残されたかすかな液体を、夢中でスプーンに集めている。躾《しつけ》の行き届いた俺のポルクは、器に舌を差し込んで舐《な》めるような真似《まね》はしない。

生牡蠣《なまがき》と桃のコンポートを合わせたものには、燻製《くんせい》された魚で風味付けしたムース状のクリームがのっている。少しだけのせたキャビアが、いいアクセントになり口の中で弾《はじ》けた。まだ二皿しか食べていないのに、官能的な気持ちに満たされてくる。この、欲情する寸前のような曖昧《あいまい》な状態が、俺はたまらなく心地いいと思う。

蟹《かに》の冷たいスープには、チェリートマトのソルベが入っている。上から丸い蓋《ふた》のようにかぶせてあるのは、薄焼きにしたカカオのチュイルだ。チュイルとは、フランス語で「瓦《かわら》」を意味する。俺は、テーブルの下で足を伸ばし、靴のまま、ポルクの股間《こかん》に触れたくなった。

スペシャリテは烏賊《いか》のソテーで、下にカリフラワーのピュレ、上には生のカリフラワーを薄くスライスしたものがのっている。焼き加減が絶妙だ。続く、手長エビのローストには、ほのかにオレンジの香りのする泡がかぶせてある。

「ポルクのあそこみたいだな」

ほんの少しだけ火入れされたふかふかに柔らかい小さな手長エビを口に含みながら、俺は感想を述べた。恥かしいのか、ポルクが顔を真っ赤にしている。

マトウダイのポワレには海苔《のり》とバターのソースを使い、周囲を縁取るインゲンやフェンネルの花が、まるでマティスのリトグラフのように目に鮮やかだ。

「うまいか？」

「私、これが人生最後の晩餐《ばんさん》だなんて、本当に幸せよ」

手にナイフとフォークを持ったまま、ポルクが答える。俺の気持ちが通じていたようで、嬉《うれ》しくなる。

セヴェンヌ地方で穫《と》れた玉ねぎに、パタネグラ種という豚のチョリソを間に一枚一枚挟み込んでミルフィーユ仕立てにし、更にキャラメルソースで焼いた一品は、数あるシェフの料理の中でも、俺が一番好きなものだ。ポルクは、本当に世界一幸せな豚である。イベリコ豚よりもトウキョウXよりも、うまい物を食っている。そして俺は、ポルクを手ごめにし、超一流の豚に育て上げることを、人生の大きな歓《よろこ》びとして生きてきた。

でも、もうそれを続けることができなくなった。だからこれが、ポルクが言う通り、最後の晩餐だ。

メインの肉料理は、子豚のロースの蒸し焼きと、羊の鞍下肉《くらしした》のローストだ。どちらも、爽《さわ》やかな草原の味がする。目の前でポルクが、共食いをするように、肉にかぶりついていた。

「ポルク、お前が絶対にできない死に方が、ひとつだけある」

ふと思いついて、俺は言った。

「何かしら？」

「餓死に決まってるだろ。それだけは、絶対に無理だな。ポルクが、極度の空腹に耐えられるとは思えない」

「失礼ねぇ」

ポルクは、口の周りについた脂をナプキンで拭《ぬぐ》いながら答えた。

「もしダーリンがお望みなら、受けて立つわよ。これが最後の晩餐なら、いいじゃない」

「ここを出たら、もう何も口に入れられないんだぞ」

ポルクが自分から、約束するために小指を突き出した。俺はその小指を無理やり口に含む。たっぷりと肉のついた柔らかい小指は、俺を心底安らかな境地に招く。

「人前で恥かしいじゃない」

ポルクは泣きそうな顔になった。構うものか。この食事は、俺達にとって最後の晩餐なのだから。

「うわぁ、このピンク、見て。かわいい」

生のスイカとスイカのソルベ、それにプラムのコンポートが入ったガラスの器には、いろいろなピンクが重なっている。デザートは、少しずつ七種類が供された。どれも本物の宝石のように美しい。デザートを頬張るポルクの口から、幾度も官能的な声がもれる。

翌日は、死のイメージトレーニングをしようと、パリ中を駆けめぐった。

改めて見渡すと、この街には死の匂《にお》いを醸《かも》し出す場所がたくさんある。ポルクと手を繋《つな》いでモンパルナス墓地をそぞろ歩き、地下道にえんえん人骨が積み上げられているカタコンブに足を運ぶ。その間も、ポルクは一切、食べ物を口にしなかった。食い意地の張ったポルクが、いくら屋台からガレットを焼く香ばしい匂いが流れてきても、振り向かない。

俺は、実を言えば、餓死でなくてもいいと思っていた。腹を空《す》かして死ぬのが、ロマンティックと言えるだろうか。だが、自分からけしかけた手前、言い出せなかった。俺の場合、一日や二日、ほとんど何も食べなくても平気だ。でもポルクは、一日三食、きっちり食べる。朝食を一回抜くだけでも、奇跡的なことなのだ。

ただ、餓死がうまく実を結ばないことも考え、他にも死ぬ方法がないかと考え続けた。エッフェル塔から落下すれば、間違いなく死を実行できる。凱旋門《がいせんもん》の上から落ちても、万が一助かる可能性があるかどうか。日本なら飛び込み自殺というのも考えられるが、パリのメトロでそれをやるのは無粋すぎる。美しい橋の上から手を繋いでセーヌ川にジャンプし、溺死《できし》するというのはどうだろうか。富士の樹海ならぬ、ブローニュの森に迷い込むという方法もある。でもあそこは、周りに車が多すぎるか。

リュクサンブール公園のベンチにふたり並んでぼんやりするうち、ようやく陽が
かげってきた。一日中ずっと外にいたからか、指先が少し冷たくなっている。

「そろそろ、帰ろう」

堪《こら》え切れず、立ち上がったポルクを抱擁し、唇を奪った。

ホテルに向かうタクシーが、シテ島を通過した時だ。

「ダーリン、あの建物は何？」

ポルクが、シルクのような質感の、薄青い夕暮れの空を指差した。

「ノートルダム大聖堂、聞いたことあるだろ」

「あぁ、これが有名な観光名所ね。『せむし男』でしょ」

「好きか？」

「ヴィクトル・ユゴーの小説？　ちゃんと読んだことがないけど」

「じゃなくて、建物は好きかって聞いたんだ」

「惹《ひ》きつけられるものがあるわ」

やっぱりそうか。

「俺は、パリの中で、ここが一番好きなんだ。好きすぎて、中に入ったことがない」

俺は、ポルクの言った観光名所という響きに少々むっとしながらも、独り言のように呟《つぶや》いた。ノートルダム大聖堂が好きだということを、誰かに初めて打ち明けた気がする。本当に、見ているだけでぞくぞくと鳥肌が立ち、魂が震えるのを感じるのだ。心の底から美しいと思い、こんな俺が泣きそうになってしまう。

白い貴婦人なんて言われているが、俺には少しもそんなふうに見えない。むしろ、グロテスクだ。正面から見れば、確かに少しは優雅に見える。でも横や、特に後ろから見る姿は、怪物でしかない。俺は、どうしても悪魔の匂いを感じる。狂っている、と思う。そしてそのグロテスクな姿が、美しくてたまらない。手を伸ばし、ざらざらとしていそうな壁に触れ、頬ずりしたくなってしまう。あの尖《とが》った塔の先を肛門《こうもん》に突き刺して死ねたら、どんなに幸せだろう。

「よっぽど、お好きなのね」

タクシーの窓から顔を出すようにして大聖堂を見上げていると、ポルクが俺の手に軽く触れた。

「あぁ、お前みたいに、醜くて美しいからな」

「それって最高のほめ言葉ね。メルシー」

ポルクは、メルシーというフランス語をとても上手に発音した。フランス語では、**r**の発音が極端に難しい。俺はしばらく口をつぐみ、ノートルダム大聖堂の余韻に浸った。これが、見納めになる。そう思った時、

「ぎゅるるるるるるるるぅ」

車内に、奇妙な音が鳴り響いた。とっさに、タクシーが何かを轢《ひ》いたのかと思った。それくらい大きな音だった。けれどそれは、ポルクの腹が鳴った音だった。

「私ったらもう、こんな時に。お黙りっ！」

ポルクは、自分の腹に向かって叱責《しっせき》した。

「大丈夫か」

「平気よ、このくらい。心配しないで」

ポルクがそう言った時、また奇妙な音が響く。けれど、今度は俺の腹からだ。そ

してその音を自分の耳で聞いたとたん、急に空腹の固まりがどっと壁のように押し寄せて、俺を羽交い締めにして動けなくした。変な言い方だが、このままでは死ぬこともままならない。

「ジュヴデッサンドル、ラ！」

俺は、大声で叫んだ。タクシーが、ブレーキ音を響かせ急停止する。ポルクをせかすようにして車を降りた。目の前に、地元客でにぎわうビストロがある。

トイレを我慢しているような切迫感でドアを開け、席に着く。メニューを広げると、「pot-au-feu」という単語が目に飛び込んだ。ポトフは基本的に冬の食べ物だが、こんな時、ポトフ以外に食べたい料理が思いつかない。有無を言わさず、ポトフをふたつ頼んだ。改めて店内を見渡すと、落ち着いた内装の上品なビストロだ。

「せっかくここまで、我慢したのに」

テーブルの向こうで、ポルクがすねている。一口水を含んだら、腹の虫が鳴きやんだ。今日一日食べなかっただけで、ポルクは一回り顔が小さくなっている。

「やっぱりポルクに餓死は無理ってことだな。それが判明しただけでも、実行したかいがある」

だいぶ待たされてようやく出てきたポトフは、立派なココットに入っていた。

「うわぁ、これ全部ひとりで食べるの？」

「大丈夫だ、ポトフなら食べられる」

ポトフは、生粋《きっすい》のパリジェンヌだった祖母の得意料理だった。俺は唯一《ゆいいつ》、親族の中でこの人物とは心を通わせることができた。サンジェルマンで趣味の良い画廊を営んでいたが、今はもういない。

人参《にんじん》や玉ねぎ、根セロリや大根、じゃが芋が、どれもほろほろになるまで煮込まれている。肉にも、ブイヨンがたっぷりとしみ込んでいた。これはうまい。絶品だ。ビストロで、こんなにうまいポトフには滅多にありつけない。

「ここにご飯入れて、お茶漬けみたいにして食べられたら最高なのにね」

俺も、たった今、同じことを考えていた。

夢中でポトフを食べるポルクを見ていたら、急に涙が込み上げてきた。どうしたというのだ。心の隙間《すきま》に、すーっと身をかわすようにして、何かが滑り込んできたとしか思えない。

「どうしたのよ？」

ようやく俺が泣いていることに気付き、ポルクがココットから顔を上げる。

「泣かないでよ、私まで哀《かな》しくなっちゃうじゃない」

そう言うそばから、ポルクも目を潤《うる》ませた。

「いや、ちょっと娘のことを思い出したんだ。そしたら、急に」

そこまで言うと、もう自分ではどうすることもできなくなった。

妻と瓜《うり》二つの、生意気な娘だ。妻に懇願され、精子だけ提供して作らせた。そんなことまでするなら、精子バンクだろうと何だろうと、いくらでも方法はあっただろうし、誰の子でも良かっただろうに。金さえ出せば、命すら手に入る時代なのだ。だが妻は、俺の外見を欲しがった。残念ながら、娘は顔も性格も妻そっくりになってしまったが。

「どうしたのよぉ」

ポルクはまた、俺の顔をのぞき込む。

妻の親族に、俺に男の愛人がいることがばれ、そのことが娘にも知れた。妻にはいつか知れることを覚悟していたが、娘にだけは知られたくなかった。娘にばらすとは、ルール違反だ。娘は、俺を見て、たった一言、「キモ」と言った。その声が、ずっと頭から離れない。俺の人生というか存在自体を、その短い二つの発音で全否定された気分だった。

生まれたばかりの娘は、本当にかわいかった。ぎゅっと俺に抱きついて、離れなかった時もある。俺はあの時、普段めったに味わうことのない人並みの幸せを感じていた。

「お嬢さんのこと、好きだったんでしょう？」

「そんなんじゃないよ。本気で殺したくなるくらい、くそ生意気なガキだから」

「いいのいいの、私の前では無理しなくって。でも、このポトフ、食べちゃいましょうよ。せっかくの味が、冷めると台無しになっちゃうわ」

俺は、骨のまん中に溜《た》まっている柔らかな髄をナイフの先ですくい上げ、それをパンにつけ塩を振って頬張った。これが、ポトフを食べる醍醐《だいご》味《み》だ。気がつくと、俺のココットもポルクのココットも、ほとんど空になっている。

朝、鳥の声で目を覚ました。口笛のような、のびやかな声で鳴いている。早口言葉コンクールで、技を競い合っているみたいだ。

「ボンジュール！」

俺がベッドの中で鳥の声に耳を澄ましていると、すぐ横にいたポルクから声がした。そうか、昨日はポルクのベッドで一緒に眠ったのだ。普段、寝る時は別々なのに。いよいよ、今日がその時だろうか。明るく死を迎えるには、最高の天気だ。すると、

「ねぇ、ダーリン」

ポルクが、体をよじって俺の方を向いた。

「お願いがあるんだけど」

朝から甘い声を出す。なんだ？　目で問いかけると、

「あと一食だけ食べさせて」

ポルクが、はにかむような表情で答えた。

「私、どうしてもマカロンが食べたくなっちゃった。だってまだ、本場のラデュレのマカロン、食べていないもの。パリでラデュレのマカロンも食べずに死んだら、末代までの大恥よ。あそこのマカロンを全種類買ってきて、朝からシャンパンを飲むの。せっかくだから、ジャック・セロスのロゼにしましょうよ。それって、最高

にロマンティックだと思わない？　それで本当に最後よ。約束する。最後の一杯に毒を入れて、パーッと華やかに死んじゃいましょう」

しゃらくせえ。末代までの恥といっても、俺達に子孫は残せないじゃないか。だがその案、試してみる価値がある。

季節はずれのきりたんぽ

去年の暮れに父が倒れた時、私は新婚旅行でハワイにいた。お互いになかなか時間が取れなくて、結婚十年目のハネムーンだった。四十歳を過ぎてウェディングドレスを着るのは恥かしかったけれど、夫がぜひやりたいと言い出したのだ。本当はその式に、両親も参列するはずだった。

母は、私に心配をかけまいと、下手な嘘《うそ》をつき通した。けれど、思いもよらない突然のことに、母もいっぱいいっぱいだったのだろう。電話で私が問い詰めると、父が入院していることをしぶしぶ明かした。私達がハワイを発《た》つ最後の夜のことだった。

成田からまっすぐ父のいる病院に駆けつけた。ただ、いくら専門医から説明を受けても、「余命」という言葉の意味が実感を伴わない。打ち震える母の肩を抱きしめて一緒に涙を流したものの、頭の半分では、医者の見立て違いではないかと疑っていた。

だって、十一月の父の誕生日会の時も、あんなに元気だったのだ。ゴルフをして、お酒を飲んで、食事もふだん通りに食べていた。でももしかしたら、自分から病院に行くと言い出すまで、父はかなりの無理をしていたのではなかったか。

嘘だと思いたかったけれど、医者の予見は的中した。本当に父は、日に日に衰弱した。最後は、私の両手で抱きあげることができそうなほどにやせ細った。あんなに食べることが大好きだったのに、固形物は喉《のど》を通らなくなった。やがて、話すことや笑うことさえなくなった。

それでも、医者の語った余命よりも半月ほど長く人生を全うした。散り散りになる桜の花びらを追うようにして、四月の終わりに、父はひっそりとこの世界から旅だった。最期《さいご》は父らしい、美しい出立だった。

「由里ちゃん、今度の日曜日、家に来れない？　お父さんの、四十九日をやろうと思って」

数日前、母がケータイに電話をよこした。

「でもその日、春彦《はるひこ》さんが仕事なのよ」

夫は新聞記者をやっている。土日が休みのサラリーマンとは生活が異なる。

「いいのいいの、そんな堅苦しいことじゃないの。由里ちゃんさえ大丈夫なら、一緒に二人でご飯でも食べようかと思って」

母は、いつも通りの鷹揚《おうよう》な口ぶりだった。声を聞く限りは元気そうだが、何十年も連れ添った伴侶《はんりょ》をいきなり失《な》くしたのだから、本当は気丈でいられるはずがない。自分の身に置き換えれば、悲しみが癒《い》えるなんてありえない。

「どこかレストランでも予約する？」

私が尋ねると、

「うちでやりましょう」

母は、穏やかだがきっぱりとした声で答えた。

「そうね、お父さん、お母さんの手料理が一番好きだったもの」

お父さん、と声にするだけで、まだちょっと涙ぐんでしまう。もう、実体を伴ったあの優しい父には会うことができない。そう思うと、みるみる行き場のない気持ちが込み上げてきた。

父はいつだって、私の体や仕事のことを心配してくれた。本当は私だって父にたくさん恩返しをしたかった。なのになんだか中途半端《はんぱ》に想《おも》いだけが取り残されてしまっている。父が食事に誘ってくれても、忙しいなどと無下に断ってしまったことを、私は今、ものすごく悔やんでいる。

父の好物だったエクレアを持って実家をたずねた。もうこの家の玄関を開けても父はいないんだな、そう思うと、言い様のない切なさがみしみしと足元から襲ってきた。ふだんの暮らしに近づけば近づくほど、父の不在は大きく膨らみ、日常生活を圧迫する。立ってすらいられないほどの深い喪失感に襲われ我をなくしたことが、何度もある。もう一度でいい、父と一緒に食卓を囲みたかった。

「ただいま」

玄関先で靴を脱ぐ時、部屋の奥から、ふわりと懐《なつ》かしい香りが流れてきた。買ってきたエクレアを箱ごと仏壇に供え、チンと小さく鈴《りん》を鳴らして合掌する。この家にこんなに早く仏壇が入るなんて、父本人すら思っていなかったのではないだろうか。遺影の写真は去年撮られたらしく、白いポロシャツを着て微笑《ほほえ》む父の顔には、死の影なんて微塵《みじん》もない。まるで、舞台から突如として姿を消すマジックシヨーのように、父はあっという間にこの世を去った。

花瓶には、紫陽花《あじさい》の花が飾られている。その横には、父が使っていた湯呑茶碗《ゆのみぢゃわん》。これは確か、私が中学の修学旅行で九州に行った時、唐津で両親に買ってきた夫婦《めおと》茶碗だ。まだ、使ってくれていたなんて。

ふと見ると、花瓶と湯呑のちょうど間に、耳かきが置いてあった。おっちょこちょいの母が置き忘れたのだろうと、引き出しに戻しておく。こういう母のうっかりミスを、父はいつも怒っていた。でも今から思うと、あれはあれで、照れ屋の父の精いっぱいの愛情表現だったのかもしれない。

母は、やせた腰にエプロンを巻き付け、台所の中で働いている。私自身は生まれ育った古い日本家屋が好きだったが、父は退職金で、料理好きの母のために、対面式キッチンのある新築マンションに買い替えた。

「今日は何を作ることにしたの？」

手を洗い、私も台所に入って母の横に立つ。母の料理の腕前は、健啖家《けんたんか》の父によってめきめき鍛え上げられたらしい。

「きりたんぽ」

母の口からその響きを聞くだけで、胸がぎゅんと鷲掴《わしづか》みされたように苦しくなった。

「妻と娘が食べてたら、お父さん、悔しがって天国から引き返してくれるかもしれないと思ってね……」

母は、そう言いながらみるみる声を詰まらせた。つられて私も、さっと目じりを拭《ぬぐ》う。もう、さんざん泣いたはずなのに。この大量の涙は、一体どこから湧《わ》き出るのだろう。

「きりたんぽね、そうかなぁと思った。お父さん、最後まであんなに食べたがってたもの」

なるべく普通に聞こえる声で、私は言った。こんなことでいちいち泣いていたら、いくら涙があっても足りなくなる。母が大きな鍋《なべ》の蓋《ふた》を開けると、ふわぁっと湯気が広がって、梅雨時の湿った空気に鶏《とり》ガラスープの爽《さわ》やかな香りが紛れていく。

秋田生まれの父にとって、きりたんぽは格別のソウルフードだったのだろう。わが家のクリスマスのごちそうは、必ずきりたんぽと決まっていた。そのために母は毎年暮れが近づくと、東北の親戚《しんせき》から秋田の比内地鶏や仙台の芹《せり》を取り寄せた。

ダシを取った後に残った鶏ガラの肉を指でつまみだしながら、母は話し始めた。

「お父さんね、きりたんぽするの、楽しみにしていたの。私はね、由里ちゃん達ハワイに行ってて来ないんだし、もう外で食べてもいいかなぁって思っていたんだけど、それ言ったらお父さん、目くじら立てて怒っちゃって。きりたんぽも食べないで、年越せるかーって。うるさいから、ちゃんと二人分だけど材料も揃《そろ》えたの。そしたら具合悪いって言い出して、検査に行ったらそのまま入院でしょう」

母は鶏ガラから肉を取り終えると、容器に蓋をして冷蔵庫にしまった。そんな肉まで食べていたなんて、知らなかった。

「だから、お父さん、病院で私が何食べたいのって聞いた時に」

「そうそう」

その短い会話だけで、すべてが通じ合ってしまう。父は、かすれた声で、きりたんぽ、と答えたのだった。

私と母は、そのきりたんぽを合言葉に、父を励まし続けた。お父さん、元気になってまたみんなできりたんぽを食べるんでしょう。きりたんぽ大臣のお父さんがいなくちゃ、始まらないじゃない。今年のクリスマスは、またきりたんぽしようね。

今から思うと、普通の食事も喉を通らなくなっていた父に、それらの言葉は酷だったかもしれない。でも、私と母は、必死だったのだ。馬の鼻先に人参《にんじん》をぶら下げるように、父にはきりたんぽ。きりたんぽが、父を復活させてくれると信じて疑わなかった。

「せめて、このスープだけでも、飲ませてあげればよかったね。どうしてそういう時に、機転が利《き》かないんだろ。お父さんに馬鹿《ばか》だ馬鹿だってよく怒られたけど、本当にその通りだよ」

さらしを敷いた笊《ざる》でスープをこしながら、母は独り言のように呟《つぶや》いていた。鍋には、早春の朝陽のような淡い輝きの、すんだスープが波打っている。

母が他の材料を用意する間、私は母の指令のもと、すり鉢でご飯をつぶし、きりたんぽをこしらえる。

「半殺しだからね、半殺し」

母の口から、物騒な言葉が飛び出した。どうやら、ご飯のつぶし加減を言っているらしい。

「お父さん、ほんとにうるさかったの。料理全般に口出ししたけど、こと、きりたんぽに関してはね。ご飯粒が残りすぎていても文句を言うし、かと言ってつぶしすぎると餅《もち》じゃあるまいしって不機嫌になるし。野菜だって、とにかく長さを揃えて、細く細く切らないと、美味《おい》しくないって言うでしょ。もう、きりたんぽやる時は生きた心地がしなかったわよ」

そう言いつつも母は、父からの教えを忠実に守り、牛蒡《ごぼう》を寸分たがわぬ細さと長さに切り揃えている。

「だってお父さん、わが家のお殿様だもん」

つぶしすぎないよう気をつけながら、私は言った。

「そうよね、お父さん、家の中くらいしか威張れる場所がなかったんだから」

母が、さらりと核心的なことを口にする。私も大人になるにつれて薄々気づいてはいたけれど、父は出世街道を大いに外れ、こつこつと脇道《わきみち》を歩んでいた。大人になって冷静に父を見ると、父は正義感が強すぎたし、人に対して優しすぎた。誰かがその道を通りたそうにしていたら、真っ先にその道を譲ってしまうタイプなのだ。

だから父は毎日定時に家に帰ってきて、家族と食卓を囲むことを人生最大の喜びとしていた。そんな父を、何も知らないようなとぼけた顔をして、母はいつも温かい湯気で迎え入れた。

「私も、お父さんとお母さんみたいな夫婦になりたいよ。もう子どもはできないと思うけど」

感極まって、つい突拍子もないことを口走ってしまう。父に、孫を抱かせてあげられなかった。不妊治療をして、何度も挑戦したけれど、赤ちゃんはすぐに私の外に出てしまう。ハワイは、その長い闘いにけりをつけるための意味のある旅行だったのだ。これから先の人生は、夫婦二人だけで生きていこうという決意宣言のようなものだった。

母は、聞こえなかったのか、それとも聞こえたけれど聞こえないふりをしてくれているのか、何も答えず、ただ黙々と舞茸《まいたけ》を手で細かく裂いている。

手のひらを軽く水でぬらし、つぶしたご飯をとって丸くする。これは、幼い頃から慣れ親しんだお手伝いだ。

「昔は、囲炉裏に並べて焼いたのよ。お父さんの秋田の実家にも、立派な囲炉裏があって、そこで一日中きりたんぽを焼いていたんだって」

母が、今度は糸コンニャクを切っている。

「きりたんぽって、ほんとは細長いんでしょう？」

「そうよ、専用の棒があって、そこに巻きつけるみたいにして焼くんだもの。でも、家には当然囲炉裏なんかないし。おばあちゃんがまだ元気だった頃は、秋田から送ってもらってたの。やっぱりお袋のきりたんぽは最高だ、なんて喜んで。でもおばあちゃんが亡《な》くなって、田舎できりたんぽ作る人もいなくなっちゃったから、一回、スーパーで袋に入って売ってるでしょ、あれを買ってきて入れてみたのよ」

「そしたら？」

「こんなのきりたんぽじゃない、って文句言って。メーカーに、ご飯をつぶしすぎだ、ってクレームの電話までかけたんだから」

「うわぁ、お父さんらしい」

その執着心に、さすが父だと笑ってしまう。

「こっちは、きりたんぽごときで大変よ。でもそれがきっかけで、家で作る方法を思いついたわけ。やってみると簡単なのに、そこに至るまでの過程は山あり谷ありで」

不平を言っているわりに、母は楽しそうだった。

「でも、形が違うって、お父さん、怒らなかったの？」

　本来のきりたんぽの形は細長いが、家のきりたんぽはピンポン玉のようにころりと丸い。

「私もそれが心配だったんだけど、お父さん、意外と丸いきりたんぽが気に入ったみたい。よくよく調べると、こういうの、だまこもちって言って、昔から作られていたんだって」

「このまんまるきりたんぽには、そんな歴史があったんだね」

　そう言いながら私はふと、母が自身のことを、「お母さん」ではなく「私」と言っていることに気付いた。父が亡くなったのと同時に、母は私にとっての「お母さん」という立場を、卒業したのかもしれない。母は一人の人間として、再出発したのかもしれない。だからこれからは、母と娘ではなく、女性として、母を支えていこうと思った。父の代わりに。

　そんなことを思いながら、最後の一つを、ことさら愛情を込めて手のひらの中で慈《いつく》しむ。不意に、由里っぺが丸めると形がきれいになると父に褒められたことを思い出した。

「由里ちゃん、あとはオーブンの温度を百八十度に設定して、三十分焼いてちょうだい。最後の五分は温度を上げて焦《こ》げ目をつけて」

私の心の中などつゆ知らず、母は母親らしい口調で言った。やっぱり私はまだ、母の娘を卒業できない。

完成したきりたんぽは、表面がこんがりと狐色《きつねいろ》に焼けて、見ているだけで気持ちが穏やかになるような出来だった。

「お父さんも喜ぶね」

母は、あちち、あちち、と指先をもみながらも、皿に出来立てのきりたんぽを盛り付けている。

「ちょっとお供えしてくるから、由里ちゃん、そこの戸棚からガスコンロ出して、ボンベ入れておいてくれる？」

母は早口にそう言うと、出来たばかりのきりたんぽを仏壇の方へ運んで行った。

「あれ？　ここに置いてあった耳かき、知らない？」

チンという神妙な音が鳴り響いた数秒後、母の声がする。

「しまい忘れたのかと思って、戻しておいたけど。そこの引き出しの中にあるはずよ」

私も、換気扇の音に負けないよう、声を張り上げた。台所は、様々な湯気とオーブンの熱気が混ざり合い、むわっとする暑さだ。まだかろうじて雨は降っていないけれど、今にも小雨が降り出しそうな重苦しい雲が立ちこめている。夜なのに、気温は三十度近い。

「お母さん、あの耳かき、しまっちゃいけなかったの？」

台所に戻ってきた母に、それとなく質問した。

母は一瞬考え込むような表情を浮かべたが、再び流し周辺の後片付けをしながら、ぽつぽつと話し始める。

「お父さんね、病院に行く前の晩、急に、耳かきって言うの。そこの引き出しにあるでしょって言ったら、私にしてくれって頼むのよ。その時、洗濯物を畳んだりいろいろやることがあったから、つい、そんなこと自分でやってよねって、強い口調で言っちゃったの。

でも、今から思うと、あの時お父さん、もうこの家に帰ってこられないって、なんとなく悟っていたのかもしれない」

一瞬、凪《なぎ》のような沈黙が台所一帯を包み込んだ。

「新婚の頃は、よくお父さんに膝枕《ひざまくら》して、耳かきをしてあげてたんだけどね。秋田のおばあちゃん、耳かきがすごく上手で、お父さんはそれがとっても好きだったんだって。でも子育てがあったりすると、なかなかそうも言ってられなくなるでしょう。そんなこと、すっかり忘れていたんだけど、お父さん死んじゃって、この家にぽつんと一人残されて自分の耳を掃除している時に、あ、って思い出したの。そうしたらもう、涙が止まらなくなっちゃって。あの時、どうしてお父さんのちっちゃな望みを叶《かな》えてあげられなかったんだろうって、ずっと胸が苦しくてさ」

最後、母はぐっと涙を堪《こら》えていた。本当に、苦しくて苦しくてしょうがなかったのだと思う。今私に話したことで、少しは心の荷が軽くなっただろうか。

「だからお母さん、仏壇に耳かきを置いていたんだね」

母は無理に笑顔をつくろうと、まぶたを押さえつけながらこっくりと深く頷《うなず》いた。

「どうしてかしらね。失《な》くしてしまってからじゃないと、大切なものの存在に気付けないの。だから由里ちゃんはさ、旦那《だんな》さんを、しっかりと大事にしてあげてよ」

母のひとことが、じわっと胸に染《し》みてくる。

私がしんみりしていると、母は気持ちを切り替えたようにパッと顔を上に向けた。

「さぁさぁ、おいしいうちに食べましょう。由里ちゃん、何か飲む？　お父さんが残したビールもあるし、日本酒も焼酎《しょうちゅう》もあるわよ。確か赤ワインと白ワインもあったはずだけど」

母の放った言葉で、その場の空気が急に賑々《にぎにぎ》しくなった。

「でも、いいよ」

父が倒れたと聞かされて以来、まだお酒を飲んでいなかった。どうしても、飲む気になれないのだ。

「遠慮しなくていいんだから、私も、少し付き合うし」

「えっ、お母さん、お酒飲めるの？」

驚いて、思わず母の顔を凝視した。母は下戸《げこ》中の下戸で、奈良漬を一口齧《かじ》っただけでも酔っ払ってしまう体質なのだ。私の飲兵衛《のんべえ》は、明らかに父譲りと言える。

「ほんのちょっとよ。だって、お父さんがあんなに美味しそうに飲んでたじゃない。少しくらい、私も味わいたいなって思ってね。それに、一人で食事しても、間が持たなくて」

最後の言葉が母の本音なのだろう。

「それじゃあ、日本酒を飲もうか。お父さんも、きりたんぽの時は必ず日本酒だったでしょ。この蒸し暑さじゃ、さすがに熱燗《あつかん》まで真似《まね》するのは無理だけど」

そう言っている間にも、胸元を幾多の汗が滑り落ちた。

母が、土鍋《どなべ》をカセットコンロの上に置き、点火する。鍋には、たっぷりと鶏《とり》ガラスープが入っている。笊《ざる》の中には、牛蒡、舞茸、糸コンニャク、仙台芹《せり》が、まるで芸術作品のように美しく盛り付けられている。そして、別の器には、山盛りの比内地鶏。病に倒れたせいで、父が最後まで口にすることのできなかった、故郷の地鶏である。

けれど、いくらつまみを回しても、カセットコンロに火がつかなかった。どうやら、ガスがなくなっていたらしい。

「うわぁ、こんな時に最悪だね。私、スーパーまで行って買ってくるよ」

駅前のスーパーに急いで行けば、まだ間に合う。お財布を取り出そうとバッグの持ち手に触れた時、

「大丈夫」

母がしっかりとした態度で言った。

「だって……」

せっかくのきりたんぽなのだ。父の四十九日に食べる、特別なきりたんぽなのだ。

「ここで食べればいいじゃない」

母は、台所のコンロの前を指差した。

「でも、こんな所で食事したら、お父さんに叱《しか》られちゃう。お行儀が悪いって」

私はすっかり子どもに戻ったような気持ちになった。父は、言葉遣いや礼儀作法に関しては、人一倍口うるさかった。

「化けて出てくるなら、出てこいっていうの。いいわよ、二人で、ざまあみろ、って言ってやりましょう。こんなに素敵な奥さんとかわいい娘を置いて早死にしちゃったんだから」

母は、すでにどこかでこっそりアルコールでも口に含んだのだろうか。けれど、母の主張は揺るがない。

コンロを挟むような形で、椅子《いす》を二つ置き、器と箸《はし》とお猪口《ちょこ》を並べる。父が栓を開けてそのままになっていた純米酒を、それぞれのお猪口に少しずつ注いだ。

「天国のお父さんに」

母も、日本酒を口にする。まるで、口づけをするように色っぽい仕草で、お猪口を唇に近づけていた。こんな飾り気のない母のことを、父は精神の拠《よ》り所《どころ》としていたのだろう。一瞬、天国の父の目で、母を見ているような気持ちになった。大丈夫、これからは私がお母さんを守るから。父と、しっかり約束する。

やがて土鍋の中のスープがぐらぐらと沸いてきた。金色のスープからは、ふくよかな香りが存分に湯気として立ち上っている。

「まずはお肉からね。肉だからしっかり火を通さなくちゃいけないけど、芹はさっと火を通すだけ。煮立たせたら、お父さんから雷が飛んでくる」

母は、まるですぐ側に父が立っているかのように、真剣な表情で鍋の中を覗《のぞ》き込んでいる。しばらくして、火の通りにくそうな具材から順に、鍋の中に放った。

「そうそう、あの時のお父さん、普通じゃなかったよ。怖かったもん。ちょっと器によそうタイミングが遅れようものなら、即刻死刑って感じだったでしょ」

そう言うと母は、思い出したようにぷっと噴き出した。

「即刻死刑、確かにね。本当にこれの時は緊張した。煮えばな、煮えばな、ってうるさくて」

そう言いつつも母は、その煮えばなを器によそおうと、お玉を手にさっきからじっと身構えている。最後の芹を入れるとすぐに、素早い動作で器によそった。

「はい、これはお父さんに」

器を手渡された私は、すぐに立ち上がって仏壇まで供えに行った。湯気の向こうで写真の父が、心なしかにっこり笑っているように見える。母が戻してくれたのだろう。きちんと、耳かきも供えてある。

「由里ちゃんもー、早く食べないと」

母にせかされ、席についた。さすがに暑くて汗が吹き出る。こんな季節に鍋をするなんて初めてだ。私も母もクーラーは苦手だから、よほどの猛暑日でない限りつけていない。

まずは、スープを一口。けれど、あれ？　気のせいかと思って、もう一口。すかさず、母が私の顔をのぞき込む。

「どう？」

思わず、目を宙に泳がせてしまった。

「美味《おい》しくない？」

不安そうな少女の瞳《ひとみ》で、母が私の顔を見つめている。どう答えたら母を傷つけないで済むか、必死に考えたものの、うまい言葉は見つからなかった。母はすぐに、自分の器に口をつけた。

「あぁ、ダメだ。すっかり味がわからなくなっちゃった」

母は、哀《かな》しそうに目を伏せた。こんな表現しかできない自分が情けないけれど、それは、雑巾《ぞうきん》を絞ったような味だった。強烈な味はしないけれど、舌を通過した数秒後、苦いような臭いような心底嫌な味がじわじわと顔全体に広がってくる。

「お醬油《しょうゆ》があんまり効いていないみたい」

なんとかその場を取り繕おうと、とっさに適当なことを口走った。

「そうよね、お醬油、入れ忘れたのかも。今、入れるから器に入ってる分も、お鍋の中に戻してくれる？」

母は立ち上がって、冷蔵庫の扉を開けた。それから、鍋全体に醬油を回しかけた。菜箸でひと混ぜし、もう一度煮えばなを器によそう。ふぅふぅと息を吹きつけて冷ましてから、おそるおそるスープを含んだ。けれど、雑巾の味はますます強烈になっていた。

「お母さん、きっと私達、二人とも味覚がおかしくなったのかも。だって、きりたんぽがこんな味するって、今まで一度もなかったし、おかしいじゃない。お父さんがいなくなったショックが、そういうところに出てるんじゃないかな。いいから、気にしないで食べようよ」

母があまりにもしょげているので、可哀想《かわいそう》になった。本当に、私達の舌がどうかしてしまったのだ。それ以外に、原因は考えられない。

「そうね、お父さんが好きだったきりたんぽだもん。おいしいよ、おいしい」

母は無理にそう言って、器の中に入っていたものを次々と口の中に押し込んだ。

私も、肉や野菜を無理やり口に詰め込み咀嚼《そしゃく》する。

「おいしいね」

言ってはみるものの、二人とも明らかに箸を動かす手がだんだんゆっくりになっていく。

「由里ちゃん、もう無理して食べなくていい。おなか壊すといけないから」

母の表情をまっすぐに見ることができなかった。もうその声色だけで、がっくりとうなだれていることが伝わってくる。

「今までずっとお父さんのために料理作って生きてきたから、もう作れなくなっちゃったんだね」

そう言う母は、今にも幼子のように泣きだしそうだった。

その時、あっ、と母が小さく叫んだ。何事かと様子をうかがっていると、母はおもむろに立ち上がり、再び冷蔵庫の扉を開ける。また、さっきと同じ醤油の入った瓶を取り出した。そして無表情でキャップを持ち上げると、そのまま瓶に口をつけて飲み始めた。

「お母さん、やめて！」

戦争の時、醤油を飲んで徴兵を逃れたという人の話を思い出した。すると今度は、母がゲラゲラ笑い始めたのだ。

「ねぇ、お母さん、どうしたの？　ねぇ」

正直、母の気がおかしくなってしまったかと思った。けれど母はひとしきり笑ったあと、

「由里ちゃんもこれ、ちょっと飲んでごらんよ」

そう言って、醤油の入った瓶を手渡す。

「うわぁ、何これ？」

醤油の味と香りとはほど遠い、雑巾絞り汁を濃縮させた、まさに不味《まず》さの原液だった。瓶を両手に握りしめたまま、母はしんみりとした表情を浮かべ、ゆっくりと椅子に座る。何かを思い出したらしい。

「これさ、お父さんが入院したっていうんで、会社の部下だった方が、お見舞いに持ってきてくれた薬草茶なの。免疫力《めんえきりょく》が上がるすごいお茶だって言われて、家で煎《せん》じてお父さんに持って行ったのよ。でもお父さんったら、一口飲むなり、こんな不味い物口に入れられるかー、って不機嫌になって。だけど貴重なお茶だし、まだ残っていた分は、この瓶に入れておいたのね。でもすっかりそのこと忘れてて。醤油と間違えて、使っちゃった。これじゃ、おいしくなるわけないわよね」

「そうだったんだ」

言ったそばから、笑いと切なさが半々ずつ、じわりじわりと胸の奥から湧《わ》き上がった。

「こんな不味いの、誰だって無理だよ」

「そうね、お父さん、俺の気持ちをわかれって、それで天国から遠隔操作して仕掛けたのかな」

「それもあるし、もしかしたらお母さんのこと笑わせたくて、悪戯《いたずら》したのかも」

母も、私と同じように泣きながら笑っている。

「もう、せっかく暑い中きりたんぽ作ったのに」

「でも、もしもこれ、お父さんに食べさせてたら」

「即刻死刑だったね。ほんとほんと。殺されてたよ」

「やっぱりお父さん、私とお母さんだけでおいしいきりたんぽするのが許せなかったんじゃない」

土鍋《どなべ》の中の苦くて不味いきりたんぽは、煮え切って、ぐったりしている。

「これじゃあ、きりたんぽじゃなくて、煮物だね。おしまい」

言いながら母は、せっかく作ったきりたんぽを、ざーっと豪快に流しに捨てた。

「今から、レストランでも行ってみようか？　お母さん、ご馳走《ちそう》するから」

けれど、時計を見るともう九時近い。空腹も、ピークを越えてしまっている。

「いいよいいよ、もうそんなにおなかも空《す》いていないから」

「じゃあ、これでおだし作って、ちゃちゃっと食べようか」

母が取り出したのは、小袋に入ったインスタントの混合だしだった。

「お母さん、そんなの使ってるの？」

母は必ず、鰹節《かつおぶし》や昆布、椎茸《しいたけ》や煮干しなどから丁寧にダシをとっていたのだ。

「だって、お父さんいなくなっちゃったし。一人分の料理なんて、作る気にはなれないわよ。ほら」

引き出しを開けて自慢げに見せたのは、たくさんの袋入り麺《めん》だ。

「こういうのもね、結構おいしいの」

母が手早く作ってくれたのは、インスタントのだしに私が丸めたきりたんぽを入れ、残っていた具材を適当に入れて味をつけたお吸い物のような一品だった。さっき鶏《とり》ガラスープ用の鶏肉から取っておいた余り肉も入っている。

「おいしい」

インスタントのだしを使っても、そこにはちゃんと母の味が行きわたっていた。

「うん、さっきの鍋より、こっちの方が断然おいしいじゃない。最初から無理しないで、これにすればよかったわね」

湯気の向こうで、母が微笑《ほほえ》む。ようやく少し、普段通りの母の笑顔に近づいた。
やっぱり父は、こういう表情の母の顔が見たかったのかもしれない。
季節はずれのきりたんぽは、思いのほか苦くて不味かった。
この味を忘れることは、決してないだろう。

解　説

——思いがけない魅力に満ちた「美食」の小説

松田哲夫

小川糸さんの小説の魅力と言えば、なんといっても料理やお菓子など食べ物の描写が活《い》き活きとしていることでしょう。

小川さんの鮮烈なデビュー作『食堂かたつむり』は、タイトルが象徴しているように、全編食べ物の描写づくしとでも言いたくなる小説でした。例えば、ザクロカレーに関する描写だけでも、思い出すだけで口につばきが溜《た》まってきます。すべてを失い、ふるさとに帰った倫子は、地元の食材を使った料理を提供する「食堂かたつむり」を始めます。その開店をサポートしてくれる熊さんへの感謝の気持ちを込めて、イラン人に教わったザクロカレーを作ることにします。食材を揃《そろ》えて調理をしていく描写がきめ細かく綴《つづ》られていくのですが、「ザクロカレーの甘酸《あまず》っぱい匂《にお》いが、厨房《ちゅうぼう》いっぱいにふくらんでいた」に到るまで四ページ以上を費やしているのでした。

第二作『喋々喃々《ちょうちょうなんなん》』も食べ物シーン満載のお話でした。谷中でアンティークきもの店を営む栞は許されざる恋に陥っていくのですが、その折々の逢瀬《おうせ》には美味《おい》しい料理やお菓子が華を添えています。栞が恋人と湯島で鳥鍋《とりなべ》を賞味する場面などは、読んでいるだけでホカホカと温まってくるようでした。

その小川糸さんが、再び食べ物小説を手がけたのが『あつあつを召し上がれ』です。それぞれ独立した短編小説が七編収められていて、最初の五編は人生の節目に食べ物が関わってくるお話です。認知症が進んで施設にいるおばあちゃんにかき氷を食べさせようとする孫娘（「バーバのかき氷」）。中華街で「一番汚い店」でプロポーズする若い恋人たち（「親父のぶたばら飯」）。能登にお別れ旅行に出かけた中年男女（「さよなら松茸」）。父子家庭から嫁に行く日に母親の料理を思い出す娘（「こーちゃんのおみそ汁」）など。

さすが小川さん、食べ物の描写はとってもチャーミングで、時にはエロチックにすら感じられます。例えば、「親父のぶたばら飯」で「しゅうまい」を食べるシーンはこうです。「アラびきの肉それぞれに濃厚な肉汁がぎゅっと詰まって、口の中で爆竹のように炸裂《さくれつ》する」そして「どうして本当に美味しい食べ物って、人を官能的な気分にさせるのだろう」という感想を挟んで、「ふかひれのスープ」は「優しく優しく、まるで野原に降り積もる雪のように、私の胃袋を満たしていった」しめの「ぶたばら飯」になると「もう、感想を言葉にする余裕すらなく、とにかく目の前の食べ物と早く一緒になりたいようなもどかしい気持ちで、何度も何度も白いレンゲを口に運ぶ」ことになるのです。

小川さんの小説の凄《すご》さは、読者をほのぼのとした気分にさせておいて、思いがけない大技を真っ正面から仕掛けてくるところです。『食堂かたつむり』の時も、料理を作り、味わい、楽しむお話が続き、これはしみじみと人生と食べ物を味わう作品なんだと思っていると、とんでもないうっちゃりをかけられました。でも、その大胆な展開が、より深い感動へとつながっていくのでした。

さて、この短編集では、六編目で破調がきます。「ポルクの晩餐《ばんさん》」は豚と同棲《どうせい》している男が、心中しようとパリにやってきて、最後の晩餐とばかりに豪遊します。小川さんにしては相当にぶっ飛んだ話です。

そして最終編「季節はずれのきりたんぽ」では、出だしは、五編目までのトーンに戻っています。「母が大きな鍋の蓋《ふた》を開けると、ふわぁっと湯気が広がって、梅雨時の湿った空気に鶏《とり》ガラスープの爽《さわ》やかな香りが紛れていく」こういう調子です。ところが小川さんは大胆にも、クライマックスでそれまでの美食小説の流れとまったく違う方向に物語をもっていくのです。下手すれば、それまでの料理が台無しになるところですが、結果はまったく逆でした。ビターテイストが加わることで、それまでの美味が一際《ひときわ》さえわたっていきました。

小川さんの物語調理法の妙味を堪能《たんのう》させてもらえる逸品、あなたも召し上がれ！

（「波」二〇一一年十一月号より再録、編集者・書評家）

この作品は二〇一一年十月新潮社より刊行された。

あつあつを召《め》し上《あ》がれ

新潮文庫　お－86－1

平成二十六年五月一日発行
令和五年五月三十日十三刷

著者　小《お》川《がわ》糸《いと》

発行者　佐藤隆信

発行所　株式会社 新潮社

郵便番号　一六二―八七一一
東京都新宿区矢来町七一
電話　編集部(〇三)三二六六―五四四〇
　　　読者係(〇三)三二六六―五一一一
https://www.shinchosha.co.jp

価格はカバーに表示してあります。

乱丁・落丁本は、ご面倒ですが小社読者係宛ご送付ください。送料小社負担にてお取替えいたします。

印刷・大日本印刷株式会社　製本・加藤製本株式会社

ISBN978-4-10-138341-5 C0193